manoel ricardo de lima

o figurante, o vagabundo

[ensaios mínimos]

mórula
EDITORIAL

FAPERJ

Este estudo foi financiado pela FAPERJ –
Fundação Carlos Chagas Filho de Amparo
à Pesquisa do Estado do Rio de Janeiro.

REVISÃO
Julya Tavares

IMAGEM (CAPA)
Fotograma de "Um quilo de sal" [2018],
de Fernanda Porto.

CIP-BRASIL. CATALOGAÇÃO NA PUBLICAÇÃO
SINDICATO NACIONAL DOS EDITORES DE LIVROS, RJ
Elaborado por Gabriela Faray Lopes — CRB 7/6643

L699f

Lima, Manoel Ricardo de
O figurante, o vagabundo: ensaios mínimos / Manoel Ricardo de Lima. – 1. ed. – Rio de Janeiro: Mórula, 2025.
220 p. ; 21cm.

ISBN: 978-65-6128-099-0

1. Ensaios brasileiros. I. Título.

25-97483.0 CDD: B869.4
CDU: 82-4(81)

Rua Teotônio Regadas 26 sala 103
20021_360 _ Lapa _ Rio de Janeiro _ RJ
www.morula.com.br _ contato@morula.com.br
morulaeditorial morula_editorial

para charles, davi, edu e vitu:
figurantes, vagabundos,
quando a vida é
antes de ontem

para júlia e teo:
que imaginam, com amor,
um tempo ao estudo:
método e cansaço

Enquanto assim se ocupava, a pesada lamparina de estanho suspensa por correntes sobre sua cabeça balançava continuamente com o movimento do navio e jogava contínuos raios e sombras de linhas sobre seu cenho franzido, até quase fazer aparecer que, enquanto ele próprio marcava linhas e rotas nos mapas franzidos, algum lápis invisível também traçava linhas e rotas no mapa profundamente marcado de seu rosto.

[HERMAN MELVILLE]

Um homem se propõe a tarefa de desenhar o mundo. Ao longo dos anos, povoa um espaço com imagens de províncias, de reinos, de montanhas, de baías, de naus, de peixes, de moradas, de instrumentos, de astros, de cavalos e de pessoas. Pouco antes de morrer, descobre que esse paciente labirinto de linhas traça a imagem de seu rosto.

[JORGE LUÍS BORGES]

o desvio como método

Walter Benjamin, na conferência "O autor como produtor" [1934], rearticula a crítica materialista ao perguntar não como o texto literário se posiciona *perante* as relações de produção de sua época histórica — concentrando-se no caráter revolucionário ou reacionário de sua mensagem —, mas como se posiciona *dentro* dessas mesmas relações de produção. A indagação urgente do filósofo reverbera em cada passagem de **o figurante, o vagabundo**, coletânea de ensaios publicados por Manoel Ricardo de Lima entre 2018 e 2023 nas revistas *Revestrés* e Cult. São exercícios de imaginação crítica que reúnem artistas salteadores, aventureiros anônimos, estudantes, poetas dispersamente publicados (ou não) em livros de editoras independentes, avessos ao consumo de si, ao redemoinho capitalista e narcísico do *eu* e às "fórmulas do capital: a feira, o circuito, a celebração, o endeusamento".

A ideia, no entanto, longe de transformar as margens em centro, é deixar o centro disponível, aberto. Talvez por isso, em sua escrita desconcertante e perturbadora — como a desejava o poeta Ruy Belo —, Manoel nunca ou quase nunca começa seus ensaios diretamente pelo anunciado no título: adota o desvio como método e deambula pelas linhas de outros escritores, filósofos, músicos, tanto faz, formulando séries inusitadas e provisórias. As montagens imprevistas engendradas nos textos tomam a crítica enquanto confronto e implicação de crises, "contra a violência colonizadora e provinciana" do vocabulário imperativo da publicidade. Dispõem, lado a lado, poemas de tempos distintos, fragmentos de geografias várias, friccionando Fortaleza e a França, o Crato e Portugal, Belo Horizonte e o Congo. Questões éticas e políticas latentes em nosso agora, como "o que a civilização ocidental, modelo único e violento, industrial e tecnológico, está fazendo com a terra", são lançadas e mantidas ativas, sem a tranquilidade das respostas fixas e finais, logo, mortas. Estamos diante de um livro sem conformação. E ainda bem.

Bruna Carolina Carvalho
Amadora [Portugal], 2024

advertência, n. 1

13 de agosto, 1917, na frente de uma relojoaria, sem hora marcada, pausa na caminhada, Antonio Gramsci percebe que é muito sozinho. Por algum tempo, desmedido, num lapso, não sabe em que país está, qual cidade, qual rua. É que não há diferença entre a vida social cotidiana e a vida de exceção das revoluções, imagina. O que há é uma defasagem: a vida do pensamento contra a indiferença. E imagina também, agudeza do lapso, 1] o que pode provocar um susto diante de qualquer fato novo e 2] pior do que está não pode ficar. É a vida revolucionária: caminhos ininterruptamente abertos.

advertência, n. 2

Entre os anos de 2019 e 2022, publiquei regularmente a coluna *trabalhos no subsolo* na revista **Revestrès**, editada em Teresina, no Piauí, pela jornalista e professora Samária Andrade e pelo fotógrafo, escritor e pesquisador André Gonçalves. A revista é uma publicação que se esforça, primeiro, a um Piauí não-piauiense e, depois, de todos os modos, para existir sem a centralidade ruidosa dos que usam o nome do estado à revelia de seu sentido. Esse conjunto de textos compõe um primeiro tempo. A partir de agosto de 2023 e começo de 2024, já sem a revista impressa, entre publicações mensais ou quase mensais, publiquei alguns outros textos tentando recompor uma geografia imaterial para ler trabalhos mais corajosos, da acrobacia ao livro. Essa expansão compõe um segundo tempo. Entre 2019 e 2023 publiquei também alguns textos no *site* da revista **Cult**, de São Paulo, que conversam diretamente com os da **Revestrès**. Há um jogo simultâneo entre eles para propor um modo de ensaio crítico, mínimo e tenso, numa tentativa de desmontar a ideia da resenha ou do comentário como meros empenhos publicitários muitas vezes pagos aos resenhistas ou aos jornais sem eira nem beira por editoras ricas para ampliar a quantidade de seus *leitores-voyeur*.

Este livro é uma reunião desses textos diante da ideia de que o impossível é uma linha em espiral que se estende como leitura de uma disparidade anacrônica do pensamento em caminhada, como era cada texto em cada revista e como se apresentam agora, na ficção crítica de um conjunto. E, assim, imaginar uma disposição política em busca de ar diante da afasia das coisas, da vida, do mundo. Foram escritos durante os anos duros de um governo descompassado no Brasil, da pandemia, da evasão de milhões de refugiados no globo, do genocídio em Gaza, dos avanços da extrema direita por todos os lados e uma solidão cada vez maior e raras conversas entre o estudo e o quê e quando algum estudo se faz como escuta, delicadeza, sedução e *dissensus*.

O projeto com esses textos oscila entre as imagens do *figurante* e do *vagabundo*, a *figuração* e a *vagabundagem*, a partir do que vem de Jack London — "adormecer sobre trilhos" — ao revirar a questão numa série de narrativas-ensaio em torno do que chama de uma "paixão pelo socialismo". Fez isso entre memórias e circunstâncias políticas insubmissas, ideias livres e ecológicas também como *figurante* e imagina a vagabundagem como um jogo de forças contra as inferências sistêmicas e industriais do capitalismo moderno. Aqui, numa tentativa de ampliá-la contra o capitalismo narcótico dos dias de agora com suas democracias falseadas e numa tentativa de tocar o que ainda pode ser uma literatura plural e descentrada como política, memória inaparente, geografia imaterial. Como engendrar alguma insubmissão? O que Pier Paolo Pasolini tomaria como um "ponto de insurgência" que se contraponha aos usos absolutos e inflacionados [entre controle e poder] das línguas, dos enunciados e das imagens nos estatutos nacionalizados, logo fascistas, da fronteira e da fixidez de memórias institucionalizadas, autossuficientes, monopolizadas, manipuladoras.

Muito obrigado ao CNPq pela bolsa de pesquisa em produtividade, em andamento desde 2019, que possibilita tempo para algum estudo. E à FAPERJ a partir do edital para editoração de livro. Este livro é, de algum modo, uma fagulha perigosa, *figurante* e *vagabunda*, no meio das coisas pequenas entre abertura de sentidos e coragem: "a alguém a algo", disse Walter Benjamin.

Sumário

SEGUNDO TEMPO

textos coluna
Revestrès

[COLUNA trabalhos no subsolo]

PRIMEIRO TEMPO

Uma comunidade imaterial de acrobatas

Peter Sloterdijk elabora uma ideia em torno das linhas finais de um poema de Rainer Maria Rilke — *Torso arcaico de Apolo* —, 1908, construído a partir da peça de Rodin com um Apolo mutilado: o olhar de Rilke sobre esse *corpo que falta* não tem nenhuma relação com uma leitura precária que o arremessaria ao *fragmento*, por exemplo, ponto de partida oscilante do romantismo alemão, ou com uma projeção em torno de uma ideia de *ruína*, intervalo entre o arcaico e o moderno, mas sim com um corpo que é potência plena. Um teorema total do sentido [a parte é também um todo] que se vincula a uma noção de *ser* ou a *forma total* contra o princípio de imitação da natureza naquilo que só aparece como visível. Temos duas interessantes traduções desse poema, uma de Manuel Bandeira; outra, de Mário Faustino, que é assim:

Torso arcaico de Apolo

Não conhecemos sua cabeça inaudita
Onde as pupilas amadureciam. Mas
Seu torso brilha ainda como um candelabro
No qual o seu olhar, sobre si mesmo voltado

Detém-se e brilha. Do contrário não poderia
Seu mamilo cegar-te e nem à leve curva
Dos rins poderia chegar um sorriso
Até aquele centro, donde o sexo pendia.

De outro modo erguer-se-ia esta pedra breve e mutilada
Sob a queda translúcida dos ombros
E não tremeria assim, como pele selvagem.

E nem explodiria para além de todas as suas fronteiras
Tal como uma estrela. Pois nela não há lugar
Que não te mire: Precisas mudar de vida.

O que interessa a Sloterdijk é este imperativo final: "precisas mudar de vida". Diz que há aí uma proposição que se constitui numa espécie de autoridade luminosa e numa insuficiência sutil que é mais antiga e livre do que o pecado que vem na frase anterior: "pois nela não há lugar / que não te mire". É a autoridade de um EU, uma condição transferida da autoridade de Deus, poder petrificado e fundido em bronze, contra a vida como exercício e metamorfose, e que pode ser lida como uma desespiritualização das práticas ascéticas ou a vontade incompreensível de seres humanos que se querem e se nomeiam "deusas", "deuses", "amores" etc. Para o filósofo as duas grandes ideias do século 19 são o *socialismo* e o *somatismo*. E apenas esta segunda [está aí ao nosso redor, a todos os lados] foi universalmente realizada e parece não haver dúvidas de que perdurará por todo o século 21, mais ainda do que por todo o século 20. Rilke já apontara para os estímulos que lera em Nietzsche, desde a reinvindicação da sexualidade diante da tradição, mutiladora, até a renúncia hipócrita-cristã da animalidade. Assim, a fórmula somática irônica-autoritária — "precisas mudar de vida" —, é praticamente um refrão do quadrado: figura do absoluto, padronizado, totalitário que avisa e pede um estado de *pôr-se-em-forma*. Sloterdijk insiste que este é um novo gênero de retórica que se cola à repetição sem diferimento, *retórica de estrutura militar, discurso de instrutor*, quando a ascese passa a ser apenas uma psicopatologia.

Sabemos que foi Nietzsche quem disparou contra essa patologia, a da necessidade mandatória, ou seja, da modernização da modernidade ou do progresso do progresso [depois, contra toda história mal contada, temos a radicalidade da *anti*-literatura de Franz Kafka e do pensamento *arquifilológico* e imaginativo de Walter Benjamin, leitor de semelhanças imateriais]. Os interesses de Nietzsche vêm num pensamento que se produz numa *alocronia* radical: uma temporalidade distinta por dentro da atualidade. *Álos* e *Cronos*: ou seja, *um outro tempo* por dentro do tempo de agora. Esta *alocronia* é o que se pode tomar, agora, como uma aposta contra essa medida do *contemporâneo* ou, mais especificamente, *arte contemporânea*, com seus discursos de instrução, generalistas, imediatos, estratégicos, conservadores e conformados às fórmulas do capital: a feira, o circuito, a celebração, o endeusamento. A pergunta de Sloterdijk é se conseguimos, intempestivamente, nos considerar ao menos coetâneos de Nietzsche diante de sua confrontação com as formas de vida cristãs, o cristianismo e suas adaptações inautênticas de estilização da ética e da compaixão, quando a ascese se cumpre apenas entre penitência e renúncia e a vida na terra aparece apenas como uma forma desgraçada.

O que Silvina Rodrigues Lopes denuncia, faz tempo, ao dizer que "o que se destina ao grande público é a espetacularização, que esteriliza ao colocar a diversão como substituta da estranheza, tornando-se eficaz na relegação do humano para o nível mais triste da vida animal — a domesticação."; que "admitir, o que vem sendo comum nos últimos tempos, que seja natural que o escritor assuma funções de animador cultural ou difusor de moralidade e opiniões é rasurar a distância entre o que funda o nosso habitar e a estreiteza social que garante a sobrevivência. E, no entanto, a perda dessa distância é a perda da experiência, a qual é sempre afirmação exterior à síntese da consciência, necessariamente mutiladora. Quando alguém é obrigado a reduzir-se a uma dimensão única, mesmo que seja a da justiça, isso é o horror, uma limitação que mesmo quando é uma exigência de justiça nem por isso deixa de ser entendida como limitação insuportável." E por fim, como "impedir que a banalidade que aparece hoje consensualmente como literatura não se arrogue em breve um direito de exclusividade."

Nietzsche insiste que é a passagem das formas de exercício de negação da vida ou do descanso do mundo, as asceses enfermas, para um mundo baseado no atlético e no somático, que gera a ideia de que seres humanos devem ser suficientemente fortes para estar à altura de uma imagem sagrada e imperial do universo. Numa rápida projeção à cultura brasileira, no modernismo paulista centralizador, é a travessura de Oswald de Andrade — a de que para a manutenção do burguês basta cumprir-se artista —, que nos pauta uma pequena força: diante da presença de Deus a alegria é a prova dos nove. Mas isto é muito pouco. Por outro lado, num mundo sem Deus, é preciso levar a sério e fortalecer os assuntos secundários para tomar alguma força às coisas essenciais. Uma questão é onde, quando, como etc. podemos nos deparar com isto que ainda se pode chamar de "coisas essenciais". É exatamente Kafka, leitor secreto e visceral de Nietzsche, que constitui o desarranjo de uma sobrevivência acrobata; e Benjamin, leitor de Kafka, que rearticula todo o seu pensamento numa acrobacia que se desvia do artista até a criança para uma experiência de sobrevida. Na palavra errante de Kafka aponta que "tudo indica que quem busca seres humanos encontrará ascetas e que quem observa aos ascetas descobrirá neles os acrobatas".

Uma comunidade de acrobatas não é própria de um povo de Deus, nem de santos, nem de conformados, nem muito menos de pagadores de cotas de seguros nessa sociedade que nos cobre de garantias, mas sim daqueles que vivem em perigo. O acrobata é aquele que é um pouco mais do que um animal sem deixar de sê-lo, que aprendeu a dançar e fez do perigo o seu ofício como possibilidade de existência ao tentar o impossível. Um artista da fome, funâmbulo ou *funirépus*, inepto a vida, quando a perfeição não basta porque ela ainda não é o impossível. Algumas imagens dessa laceração são apontadas por Sloterdijk como uma abertura e um começo ao jogo acrobático: Kafka e os choques do beijo ou do aperto de mãos; Unthan, o violinista sem braços; Simone Weil e um pensamento antigravidade etc. Outros tempos. Mas também por isso é urgente desfazer todo e qualquer mapa, toda e qualquer cartografia ou procedimento contábil de estratégia movido a dispositivos de controle e poder para partilhar severamente a TERRA, abrir-se a uma geografia nova e imaterial, a da fome extrema, que seja, com um pensamento que treme: animal, acrobático, despojado, nu. E tentar, radicalmente, esquartejar Narciso, esta dimensão meramente sensível.

Paulo Leminski escreve num ensaio de final dos anos 1980, *História mal contada*, uma arquifilologia selvagem, que a literatura que se produz no Brasil faz tempo não passa de "contabilidade", que em termos de invenção com a linguagem o que se tem é naturalismo, fotografia, fidelidade a um padrão servido numa bandeja para o triunfo do mercado quando todos praticam uma autofagia geral da mesmice de si mesmos [algo como Salomé, seu capricho, a cabeça do santo, a *tabula rasa*]: "refletir a realidade nacional, como se a literatura pertencesse ao ramo da comercialização de espelhos" e que "comparada com o nosso naturalismo pedestre a ficção latino-americana parece uma literatura que enlouqueceu". Para ele, "nós raramente enlouquecemos", e ironiza: mas "para que complicar as coisas? [...] Os tempos estão difíceis, [...]. Os escritores, como todo mundo, precisam vender, fazer sucesso [...]." Leminski, genial e ironicamente, parece pensar para um futuro que sempre vem antes, o *futuro fabuloso*.

Para ele é importante o jogo mais próximo de uma imaterialidade, mistura inesperada e díspar, como projeta entre o pensamento de Bashô e o de Trótski, por exemplo, que têm a ver com os impasses da *força* contra a *forma*, a norma e qualquer poder: quando a literatura se volta contra ela mesma, numa *anti*-literatura, para "ocultar a arte", para "fazer a arte parecer não-arte". Dois movimentos: 1] *lembrem-se de Santos Dumont*: num país pobre e movido a carro de bois é prudente por o carro na frente dos bois; 2] *lembrem-se de Mishima*: a força de uma escrita para tocar o mundo numa partilha radical da terra vem com carne, sangue e todo o corpo. Assim, dispara que estamos numa armadilha e que não há lugar para um gesto radical porque quase tudo ao nosso redor é uma grande galvanização. Nem sol, nem aço. E afirma que nessa "ilusão de que é livre", a literatura, muito mais perto de "uma corrida de ratos" e sem "substâncias radioativas", sem loucura e sem silêncio, perde corpo.

Assim, num revés, nas migalhas de um pensamento crítico, o que imagina é uma defesa dos "gestos kamikaze" e das "insignificâncias invisíveis". Daí, a proposição que desdobra: "Escrever é pensar. Quem pensa mal, escreve mal. Não há habilidade retórica que consiga disfarçar um pensamento fraco ou medíocre. [...] Não existe estilo de linguagem. O que existe é estilo de pensamento." Se estamos, o tempo inteiro, um bocado longe da imaginação confrontada de Leminski, mas de alguma maneira perto de um pensamento que treme e de algum perigo — tomando muitas vezes o desvio de um palmo, que seja, dessa dependência identitária crônica de um comércio de espelhos —, resta a *tensa* e o *nervo* das perguntas minimamente ativas: se AINDA é possível pensar a existência de uma comunidade de acrobatas que, diante de alguma espera e de uma política para um gesto errante, feito o anjo Malaquias com asas na bunda, pode engendrar com força "alguma coisa na palavra que não é matéria".

Revista Revestrés, n. 43, setembro/ outubro, 2019.

A vida das ervilhas: futebol, pensamento, política

Em 2015, Guilherme Figueira publicou **Tantos anônimos e um ou outro com certidão** [ed. Oito e meio]. Pequenas narrativas de enfrentamento ao nem sim nem não dos jogos do amor: imagem dialética, aventura desconhecida. O livro anda por aí, devagar. Mais perto, pode ler-se ali uma disputa interessante quando descobre-se que o narrador/autor [esta linha difusa] tem origem numa permanente transparência de um torcedor de futebol partido ao meio, feito o visconde de Ítalo Calvino, porém numa tabela simples e ordinal, e com força: Botafogo, depois Bahia. A literatura, assim como o futebol, é apenas uma tentativa de tocar algum real, este plano do impossível, e projetar existências. A partir dessa relação expandida, pode-se entender que, de algum modo, torcer para um só time de futebol e quase matar e matar-se por ele é, também, sobremaneira e inconscientemente, a manutenção do grande nervo capitalista: a propriedade privada, o direito de posse, a individualização progressiva de controle e poder. O que gera, numa multidão descontrolada, em defesa da fronteira e da nação, cores e bandeira, o mesmo descompasso histórico opressor: primeiro, conflito; depois, a guerra cretina. Basta voltar um pouco: Freud, 1921, *A análise do eu e a psicologia das massas.*

Mas isso também aponta a um lance infinito: o de que o futebol, assim como a literatura, tem a ver com operações de desejo e paixão, principalmente se a bola aparece como artifício da imaginação [ela pode não estar ali, pode apresentar-se como um objeto ausente] e do pensamento, e move uma inserção de temporalidade que está diretamente vinculada ao corpo. Grosso modo, quando se diz futebol se diz mesmo é filosofia. Vale o mesmo para a literatura. Nelson Rodrigues, por exemplo, atribuiu ao futebol um saque metafísico de método constitutivo entre a fúria moderna e o gesto clássico, porque talvez vislumbrasse que há nele uma dança que despreza o cálculo individual mais arguto e tende à opção por um desenho coletivo alucinado entre o tempo e o espaço, entre movimento constante e invenção. E se individual, algo próximo das jogadas e provocações de Almir Pernambuquinho, o furioso e à margem, que jogou no Vasco da Gama, no Flamengo e no Boca Juniors; foi assassinado por um grupo de portugueses num bar no Rio de Janeiro, motivo: tentava defender algumas travestis. Com menos violência, mas não sem fúria, Romário [o último torto, bem antes do senado], aparentemente sempre entediado, despertava de uma vez e rompia o espaço num zás com o peito apontado para frente e um desprezo atávico com o mundo ao redor. O gesto era todo em direção ao gol: a bola levemente empurrada e colada à ponta da chuteira para sempre ou num quadrado mínimo e impossível, sobre-humano, e quando a descolava da chuteira fazia-a seguir a linha oscilante do pensamento: a de uma dança esgotada.

Repare-se, noutro sentido, no conhecido esquete do *Monty Phython*, de 1972, que é uma brincadeira com invenção, filosofia e futebol. De um lado, os gregos, do outro, os alemães. O trio de arbitragem: Confúcio [com uma ampulheta para marcar o tempo] e Santo Agostinho e Santo Tomás de Aquino como assistentes. O time alemão: Leibniz, Kant, Hegel, Schopenhauer, Schelling, Beckenbauer [presença insuspeita], Jarspers, Schlegel, Wittgenstein, Nietzsche e Heidegger. Marx está no banco de reservas, aquece numa indicação do narrador que vai mudar a história do jogo; entra, e nada muda. O treinador é Lutero. O lado grego: Platão, Epicteto, Sófocles, Empédocles, Plotino, Epicuro, Heráclito, Demócrito, Sócrates e Arquimedes, que tem a brilhante ideia de chutar a bola [retirá-la do centro, desfazer a nódoa da centralidade e arejar, deixar o centro disponível] e convida seus companheiros a fazer o mesmo até que marcam um gol. O futebol aparece como alumbramento e pulsão, força e experiência e caráter de invenção radical quando o corpo se lança ao método furioso e sofisticado do pensamento. Vale também para a literatura.

Assim, a questão mais recente passa, furiosamente [lembrem-se de Dante: *o poeta tem que ser* perigoso], pela presença do filósofo português Manuel Sérgio e seu pensamento em torno da psicomotricidade humana, filosofia e futebol, e um sem número de treinadores que perseguem suas lições: de José Mourinho a Jorge Jesus, exemplos. Este último, praticamente recém-chegado ao Brasil, reformula toda uma expectativa entre futebol e pensamento, ou seja, *estudo*, o que a maioria de nossos treinadores e jogadores desconhece e, reparem, para os que dirigem e ganham dinheiro com o futebol é importante que desconheçam. Jorge Jesus nos traz de volta dois grandes problemas, perenes e imensamente aparentes, que regem a todos os lados a estrutura social do futebol: alienação e luta de classes. Por isso refuta-se tanto, com maledicência corporativa e preconceituosa, o que ele apresenta a cada entrevista e, principalmente, a cada jogo: pensamento de jogo, quando nem se precisa da bola, time sem centro, logo sem estrutura de controle e poder. E ainda, entendimento do campo, expansão do sentido humano e atribuição de perspectiva comum ao que cada um pode ser, ontologia e singularidade, numa dimensão coletiva. E é aí, nessa abrangência, que a ideia do *estudo* comparece como um esforço alargado; como sugere o filósofo italiano Giorgio Agamben: *estudo* tem a ver com *espanto* [*studiare, stupire*], porque é interminável, uma vagabundagem de longas horas entre os livros e o mundo e não tem finalidade alguma. É um misto de estupefação e lucidez, descoberta e perda, paixão e ação.

Manuel Sérgio, atente-se, declara que "o futebol, como qualquer outra modalidade desportiva é uma das formas da motricidade humana — como é lógico! —embora a pretensa cientificidade de muitos comentadores do futebol seja proporcional à sua desumanidade, quero dizer: quanto mais falam de futebol menos humano se revela o seu discurso." Depois, avança e aponta que "aconselharia aos *agentes do futebol* uma severa autocrítica (à boa maneira socrática: só sei que nada sei): um corte epistemológico, em relação à pré-ciência de um senso comum que analisa o futebol, sem descontinuidade, nos problemas e na linguagem. O curso de um conhecimento verdadeiramente científico não é linear, o seu grande objetivo é respeitar o Passado, mas construir o Futuro, o que implica pôr de lado e rejeitar muito do que a tradição nos oferece. Enfim, ruptura." E confirma: "não há remates, há pessoas que rematam; não há fintas, há pessoas que fintam. Se não conhecer as pessoas, não percebo as fintas. Isto é uma revolução. Depois não sou convidado para nada, porque não vendo. O que é preciso é os gajos "ah você é isto, você é aquilo" e é uma vergonha, passa-se duas horas nisto. Algo está podre no reino da Dinamarca. É que aquilo nem futebol é. Mas dá dinheiro. É o nosso tempo e isso reflete-se no futebol. Costumo dizer também: o desporto reproduz e multiplica as taras da sociedade capitalista. A mania do rendimento, do recorde, da medida, da alta competição. Isto é tudo típico da economia capitalista."

Tantas vezes, a literatura ao nosso redor é apenas pobrinha também e adequada à mercadoria, o capitalismo é um parasita indômito: produto de maledicentes, corporativa, mímica, unânime, filiada, fadada a contragolpes ao poder — este contrassenso, porque não há outro poder, apenas um mesmo — que é o que se deseja em lances típicos da economia capitalista etc. Em que pese a dança do jogo, se lembramos de João Cabral e Ricardo Aleixo, que jogaram bola, e são poetas incrivelmente incansáveis; ou de Belchior, o índio, que apreciava tanto Albert Camus, o goleiro, e lhe dedicou a linha "estava mais angustiado que o goleiro na hora do gol"; ou Gonçalo Tavares, que jogou no time juvenil do Beira Mar, de Aveiro, e que tem formação em educação física e é professor no mesmo curso, o de Psicomotricidade Humana, e na mesma universidade de Manuel Sérgio, a Universidade Técnica de Lisboa, com a elaboração constante da literatura como dança, movimento e filosofia. Depois, rastreando, algo mais ali e algo mais acolá. O que assusta aos que detêm poder é que recupere-se toda a dimensão política do prazer, que é sempre livre e potente: a vida das ervilhas. O poder repousa quando isola e anula a potência em relação a seu ato: a revolta. Jorge Jesus, simplesmente, tem tanto a nos dizer sobre literatura e política quanto sobre futebol, porque esforça-se imparável ao pensamento.

Revista Revestrés, n. 44, novembro/ dezembro, 2019.

Um "poema sem EU", anotações e algumas poetas

> *"O momento ruidoso que atravessamos abre uma época ideal para falar e publicar o menos possível e procurar compreender melhor como as coisas são."*
>
> [**ITALO CALVINO**, PAESE SERA, 09.04.1965]

Joaquim Cardozo, num texto de 1926, propõe a leitura de um sabor do mundo que se demora na inquietação daquele que *olha com todo o corpo*: uma expansão da terra. Seu exemplo é Cézanne e toma a isso como uma *sobrevivência*. Relata que o pintor francês costumava esperar que os primeiros raios de luz do dia penetrassem no interior da Catedral de San Giorgio, em Veneza, para perceber como aquele espaço interior minimamente deslumbrante poderia reviver o surgimento de uma linha de sombra envolvente tomando novas formas àquela hora. E chama a esse *olhar* de *pupila aguda*. O que interessa a Joaquim nunca foi *a obra* que Cézanne pintou, a exposta, material e visível, mas sim uma espécie de pintura impossível, porém ruidosa, que manteve ilegível e inaudita como um vapor e sempre atuante à escuta, que estaria assim muito longe de qualquer legitimação ou percepção autonomista, unânime e mímica, próprias da modernidade e que agora, de maneira praticamente conservadora e modelar, logo mapeada, repete-se com regularidade por dentro de uma expressão muitas vezes vazia, generalizadora e sem força para alterar qualquer coisa: a *contemporaneidade imediata* ou o *contemporâneo absoluto*.

Numa outra ponta, Maria Gabriela Llansol toma posição e infere o que chama de "retribuição de escritora viva" ao expandir a ideia numa "espécie de poema sem EU" quando rasga, num gesto, o empenho ensimesmado de que o poema se transformara apenas na "testemunha dramática" pleno de "arroubos expressivos" e "histriônico". Assim, numa curva às avessas, debruçada sobre Hölderlin, este diabo, sugere uma provocação libidinal entre a nudez e um sexo de ler — um tempo em que "a escrita lambe-se" — para armar-se aí uma linha de fuga ao destino cristão do poeta e escapar-se completamente à "mediocridade da autobiografia". Diz ela, num combate ao imperativo do *necessário*, da *precisão* e do *tem que*, que imagina uma escrita com um pensamento em deriva capaz de "criar lugares vibrantes, [...], de criar na linguagem comum lugares de abrigo, [...], *para* reconhecer-se nobre na partilha da palavra pública, do dom de troca com o vivo da espécie terrestre, [...], *capaz* de perguntas diretas e ferozes." E, mais ainda, de uma "geografia imaterial por vir".

João Barrento refrata o jogo de Llansol à perspectiva aberta por Baudelaire, o poeta das máscaras, que ela traduziu fortemente infectando-o de oscilações, para lembrar que ali já estava o poema "palco das grandes tensões do mundo moderno e do sujeito em crise" que "recusa, os excessos de emoção [sem perda de sensibilidade] e a projeção autobiográfica". O fragmento que salta, como um hiato, do pensamento de João é o de que "não há utopias no poema, elas estão todas fora dele", mas que o poema — em alguma medida, se consegue esticar um pensamento ao encontro do improvável, impossível, imaterial e ilegível — pode acolher projetos utópicos. E aí, pode-se ler também que, numa generalização grosseira, estamos num tempo que se encolhe em *suscetibilidades* desconfiadas e se afasta da falta, do desamparo, do erro, do imperfeito, ou seja, das *sensibilidades* confiadas.

A questão é que estamos diante de um real que produz imagens que são completamente subjugadas à linguagem corrente, apenas entre a fala, um direito e um dever a falar, e o dizível. E se o poema

— sempre ao largo, perseguindo solitário o indizível da linguagem —, para existir, entre a política e a ideologia, também se adequa compulsivamente à mercadoria e configura-se, como fetiche, na precariedade do sucesso e do acúmulo em torno do problema do poder, este fato muito em comum na vida de todas e todos, sem exceção, cola-se, por fim, ao que realmente interessa: consumo. A questão, como disse Llansol, "é a de saber: quem conduz quem?" Ora, basta reparar que na atribuição do consumo, o que mais interessa às grandes editoras, neste momento, as condutoras-chefe, é uma poesia conformada numa mesma dicção leniente que se imprime a partir dos eixos econômicos que fazem a grana circular [do que pode gerar prêmios até a participação desmedida na mesmice das feiras e, no pior dos planos, até produzir uma acomodação de discursos para que não haja maiores transtornos nos debates essenciais de nossa revisão política e social desses tempos difusos] e, com largura, como uma violência colonizadora e provinciana, uma praga, repete-se ao finito da fronteira e se torna o mapa do que se faz e se apresenta como circunstância modelar, naturalizada, banalizada, a todos os lados.

Exterior à essa dimensão da forma, que mora sempre ali, vigilante, entre conformação e ausência de vagabundagem, sem uma paisagem que possa revigorar uma "espécie de poema sem EU ou terceiro sexo da língua", esta força entre a crueldade e a displicência, "imagem de rendas, voo de plumas", retratar-se o mais longe possível de qualquer imperativo, num limiar de uma *khora*, lembra João Barrento, por exemplo, é compor um pensamento que vem de matriz caótica, lugar indefinido, engendramento de sentidos, um mais-de-significação, para profanar até tocar o infinito de toda outridade. Ponto de insurgência: ver-se, até, mas principalmente vendo; desfazer o centro ou, minimamente, deixá-lo disponível. Num esforço, ou errância por mundos ao redor, pode-se imaginar alguns trabalhos que, inteligentemente, conseguem manobrar com força por dentro dessas editoras sem em nenhum momento negociar nada, caso de

Veronica Stigger, por exemplo. Gesto político que apresenta a figura ruidosa de um "estranho substituto", para usar a imagem que dá título a exposição de Jorge Molder, no Porto: "É sempre alguém que faz, que diz, que faz constar ou, com um ar mais profundo, se interroga sobre a autoria da *obra.* E a si que diferença é que isso lhe faz? É sempre o mesmo a insinuar *aquis* e *alis* diversos. Vá por mim, meu amigo, não se deixe influenciar tão facilmente." E com essa disposição a um "estranho substituto" há poetas que, num esforço, se comprimem sem alarde com um trabalho que mais parece uma pequena proto-história da fotografia, inconsciente ótico, retratos em miniatura de uma realidade circunstanciada e vagabunda num gesto de rivalidade com o teatro do mundo, da vida, antes-agora--depois e num tempo mais lento, mais vagaroso, às vezes num livro só, às vezes num primeiro livro, às vezes sem livro algum e às vezes bem antes do livro.

Repare-se o trabalho raro e singular, a cada modo, de Aline Prucoli, Annita Costa Malufe, Ana Estaregui, Chantal Castelli ou Júlia Studart: quando o poema é uma conversa de laceração coletiva, livre e asfixiante do desejo; não há desenhos de personagens que falam, mas sim figuras e vozes inauditas que sempre podem nunca estar ali, esferas e genealogias de vazio, porque nos textos não há um centro disparador nem muito menos um lugar de chegada. Depois, o trabalho de Ana Carolina de Assis, Joice Nunes, Micheliny Verunschk e Rita Isadora Pessoa: quando há um EU que escorrega, se embota e se desmancha diante de um emparelhamento, sem nenhuma hierarquia, entre a vida sensível das coisas e dos seres renitentes, traços místicos, bordejo e realidades rarefeitas. Ainda, os trabalhos de Juliana Krapp e Valeska de Aguirre: pequenos enfrentamentos de fúria e delicadeza com as superfícies da linguagem, corpos de silêncio e palavra imprecisa, sem perder de vista que Juliana espalha seus poemas por periódicos, sem livro, e Valeska parou de escrever e de publicar. Por fim, nessa lista esburacada e sem roteiro, os trabalhos de Bruna Carolina Carvalho e Carolina

Machado, que existem em processos de invento, força imaginativa e contaminação com outras coisas, como o ensaio, o cinema e a fotografia e radicalmente em desaceleração e inaparentes, sem EU e em abandono; e os desenhos de Raisa Christina, imensas figuras anônimas com rostos aparentemente conhecidos [ou comuns] que cumprem a rua, nuas, abertas, delirantes, seguindo talvez a peculiar convicção de Courbet ou as peças em desmonte, desequilíbrio, peso e queda de Bianca Madruga, que agora, entre estudo e retratação, imagina recomeçar um trabalho seguindo a linha de sombra percebida por Cézanne na Catedral de San Giorgio e que tanto interessou a Joaquim Cardozo, este modernista "muito mais ausente do que participante", como salientava Drummond.

Revista Revestrés, n. 45, março/ abril, 2020.

Eduardo Frota e a vida do pensamento

Um ponto-furo, um simples ponto
simples furo
E nada mais
[JOAQUIM CARDOZO]

Num artigo censurado de 13 de agosto de 1917, *O relojoeiro*, Antonio Gramsci chama atenção que não há uma diferença qualitativa entre a vida social cotidiana e a vida de exceção das revoluções tal como se apresentam. Diz que essa defasagem é meramente quantitativa. E que é a vida do pensamento que pode, de alguma maneira, substituir a inércia mental, a indiferença, e provocar a ausência do susto diante do fato novo porque pior do que está não pode ficar. Ele concebe a vida *sempre* como revolucionária e que, por isso, os caminhos podem ser ininterruptamente abertos. Assim, se há "uma convicção de melhora" é porque, de todos os modos, estamos diante de algo que é sobra. Essa radicalidade que se engendra entre invenção, imaginação e o real, sem perder de vista nenhum dos três, nem muito menos estabelecer quaisquer hierarquias, a partir daquilo que resta, invisível, é o lance, ao mesmo tempo, absurdamente estudado e imprevisto do trabalho de Eduardo Frota.

O apontamento parte do prisma de uma ideia rigorosa com o *fazer*, inespecífico, tal como a vida, sempre em fagulha revolucionária e errante, que ele projeta em cada trabalho como uma disparidade orgânica do corpo em direção à lástima do abismo social brasileiro, por exemplo, e àquilo que vem da cultura, herança e legado: nunca quando a arte cria a ilusão de que pode sugerir algum debate ao mundo, mas sim quando a arte se debate no mundo e imagina a força de algum pensamento, este instante de perigo. Uma questão convicta e evidente no trabalho de Eduardo Frota tem a ver com a laceração do espaço, uma geografia de vibração política e não meramente cartográfica, logo, nem memória nem dimensão retiniana, mas sim a crise inoperosa da nossa condição frágil e minúscula, humana, até o que ainda se esboça como humanidade.

Desde seus imensos trabalhos, numa escala de corte invasiva — como *Paisagens no Espaço* [CCBB, SP, 2003] ou *Intervenções Extensivas*, em Vila Velha/Vitória [Museu da Vale, 2005]; os 14 cones na *25ª Bienal Internacional de São Paulo* [2002] ou a *27ª Arco*, Instituto Feria de Madrid [2008]; e, ainda, alguns trabalhos impressionantes, como a intervenção no Torreão, em Porto Alegre [2000] e na Casa da Ribeira, em Natal [2003] —, até o horizonte formativo que desenvolveu no ateliê entre os anos 1990 e o começo dos anos 2000, com cerca de 18 a 20 pessoas operando entre composição de maquinário, elaboração de projetos, montagem e, principalmente, a expansão da ideia de ateliê como AULA, nos levam a ler as tentativas de dobradura que ele provoca na concretude e na materialidade de um sistema inócuo e vendido, o da "obra de arte", que se sustenta insuportavelmente entre a aceitação e a conformidade dos jogos territorializados de uma precisa e corporativa negação do movimento e de uma repetitiva e sintomática opressão social domesticada.

Contra essa ausência de agonia e estranheza, numa beira desequilibrada para escapar à domesticação, é que se pode entender a sua tomada de posição *figurante — artista*, mas só se como *figurante* —, que procura reinventar imparavelmente, o tempo inteiro, com as modulações de uma utopia irrecusável frente a um mundo impossível: *só é possível alterar o mundo se suportamos o impossível de todo o peso que ele tem*. E aqui, vale lembrar o avesso disso no dito firme de

Pasolini: "aquele que não suporta o peso do mundo que pretende modificar não passa de um cretino". Por isso, diante do caráter de intervenção na cultura e, assim, na história, é que Eduardo Frota — um estudioso até o infinito das circunstâncias de algum saber, quando nenhuma racionalidade toca a qualquer real, como aqueles antigos corpos trágicos que giravam em torno de um *rissorgimento*, mas agora com *graça* — arrisca o seu trabalho, no mínimo, como uma pequena revolução. E revolução, importante indicar, é um termo que vem dos movimentos astronômicos de corpos celestes ao redor de seus centros e extremos de gravitação; o deslocamento do termo para indicar a possibilidade de uma mudança nas estruturas políticas e culturais existentes na trama social da realidade nos coloca frente a um encontro entre o que existe e o que não existe AINDA. Assim, se figurante, Eduardo Frota é também, antes de tudo, um *anartista*, quando o trabalho é díspar, imaterial, descentrado e extremo, para imaginar a vida no que resta: o impossível AINDA existe.

É uma vida do pensamento: com a vida e, muito, à vida. E para o pensamento: carne e osso, medula e arrebite, cabeça e serra, silêncio e sangue, nenhuma confissão e verticalidade irresoluta etc. O trabalho de Eduardo comparece como uma ferida incorporada que se expande através do convívio com o livro, numa nudez, um aberto, pensar a nu, quando o tempo à nossa frente ainda não é o futuro, mas definitivamente o campo de forças do presente. Primeiro, trabalho de um leitor, da palavra às pequenas coisas cifradas diante da mão, pode-se arriscar que é daí, desse gesto, que vêm as peças que faz; depois, trabalho de poeta, *un hacedor anacronicamente deliberado*, que traça linhas inconclusas e neutras — nem começo, nem fim, espirais — para decompor a arquitetura estruturada e institucionalizada em sua dimensão utilitária armando-lhe paradoxos e ambivalências. E isto tem a ver com a sua formação de arte-educador, concentrado em errar cientificamente até o erro furar a ciência e invadir os corpos com uma aprendizagem politicamente mais severa: *fazer é também, fundamentalmente, para tudo e para nada.*

Agora, numa espécie de recomposição do ateliê, quando há uma temporalidade de exceção, arremessa-se a um lugar que se desentranha do estudo, expansão da biblioteca e da experimentação — para o exercício e a insistência entre a imaginação e o real — do corpo que rejeita, sobremaneira, um trabalho insuspeito ou inequívoco, mesmo debaixo da terra arrasada que comprime a luta ou a possibilidade de se lutar livremente. Eduardo procura inventar furos nas zonas fechadas [isolamento, confinamento, quarentena etc.], dispersando, por exemplo, não só a predisposição de um circuito da arte que confirma a ideia de herança como praticamente vitalícia e, numa outra ponta, as chaves midiáticas do desserviço que muitas editoras lançam às redes sociais com "momentos diarinho" daqueles que, sabe-se lá como, percebem e entendem imediatamente o que está acontecendo ao nosso redor, mesmo que, ironicamente, apenas e somente a partir de seus próprios umbigos e mundinhos burgueses desfeitos. Eduardo, convicto ao contraponto, começa a produzir a manufatura de uma série de "caixas-poema": quando o traçado em 3 dimensões reduz-se, numa relação de escala com a desmesura expansiva do que faz, à miniatura. Entra em cena uma "catalogação de fracassos" através de questões sócio-antropológicas brasileiras, numa re-exposição de restos, que em nada implica o uso dos materiais, como madeira e cola, mas muito mais apresentar uma genealogia de "volumes de vazio" que se arremessa entre os usos críticos do objeto e da palavra, do que se emprenha entre o objeto e a palavra, para a cultura e para o disparate de qualquer ideia de "nacional".

A série começa com uma caixa de letras soltas com a palavra *poema* em alto relevo, uma rememoração aos cegos e um desejo de carga, de peso: o poema é *a coisa que é* e *o que toca ao animal*, esferologia, ouriço e cangalha; o matulão com a palavra *abraço*, em amarelo "de existir triste, aguado", uma sacola robusta de provisões que imprime-se sobre um real sem terra e sem mundo [e isto se estende desde as 2 exposições na **Galeria Sem Título**, em Fortaleza: *Sobre o* *quadrado* (2017), 4 toras de eucalipto cruzando o espaço à altura do pescoço, faca só lâmina, e chão de brita, para retirar a forma absoluta e fascista do quadrado e atribuir-lhe num redesenho inúmeras elipses, instintos e imperfeição física; e *Revolver a terra para semear heterotopias* (2019), com 100 mudas de pau-brasil para que o público as plante em 27 caixotes com placas que anunciam as revoltas e desilusões de um país marcadamente desigual, bélico e desamparado, dos Tupinambás até as manifestações de 2013]; depois, um barco suspenso frente a uma estante de livros, um *Pequod* que ensina e aprende: os verdadeiros lugares nunca estão no mapa; depois, desequilíbrios entre linha e desalinha: *nuvem, tempo, espaço, dúvida, intuição,* anotações que a cada caixa se apontam a outras coisas, nem ciência nem mistério, e implodem a linha reta das caixas. Eduardo Frota sabe que as linhas retas produzidas indefinidamente num mesmo plano, em várias direções, não encontram uma à outra nem têm sentido nenhum, *o que é cruel o que é paixão*; e, por fim, a caixa-preta: *imagem,* que retoma a defasagem quantitativa de uma inércia mental, postulada apenas diante do visível e do possível, para enfrentá-la com alguma revolução, esta invisibilidade que se inscreve com um gesto radicalmente utópico: fazer no presente para nada e para reagir à dentes.

Revista Revestrés, n. 46, agosto/ setembro, 2020.

Joaquim Cardozo, 10 anos depois

Numa carta do poeta João Cabral de Melo Neto para Clarice Lispector, datada de 08.12.1948, ele lhe pede que ceda seu **Coro de Anjos** para uma pequena edição na *Livro Inconsútil* (pequenos livros que João Cabral fazia porque um médico lhe receitara, como tratamento fisioterapêutico, que dedicasse um tempo a trabalhos manuais, assim decide imprimir livros numa prensa manual). Depois, avisa a Clarice que vai lhe enviar a "Pequena antologia Pernambucana", o livrinho que fez com poemas de Joaquim Cardozo. E anota: "Conhece V. a poesia de Cardozo? Soube que publicaram há pouco, no Rio, suas poesias completas, arrancadas do autor, que nunca publicara livro, e baseadas em textos 'fixados e estabelecidos' pelo poeta e por mim, quando estava no Rio (o poeta não tinha cópia de nenhum poema; e assim, meu trabalho foi: pedir aos amigos as versões que possuíam e submetê-las à memória do poeta que as corrigisse). Pois desses textos, num momento de *añoranza* da luz recifense, escolhi os mais diretamente pernambucanos e organizei-os numa antologia que estou imprimindo. O próprio Cardozo não sabe de nada, nem da estrutura que dei ao livro (um tanto especial) nem do próprio livro. A ver se lhe agradará."

O desejo de João Cabral em editar a poesia e todo o trabalho do também pernambucano Joaquim Cardozo tem a ver, diretamente, primeiro com a importância que lhe atribuía como uma primeira referência à sua poesia e, depois, com pauta do pensamento sofisticado e silencioso desse engenheiro calculista, poeta, dramaturgo, crítico de arte, de poesia e de arquitetura. Pensamento marcado por uma linha de variantes intensa que pode fazer o caráter pedagógico, institucionalizado e hierárquico das leituras já cumpridas do modernismo brasileiro se mover para outro lugar [modernismo muitas vezes meramente localizado em São Paulo por circunstâncias econômicas, logo culturalmente centralizadas numa única ideia de civilização anulando outros móbiles, como os que aconteceram no Ceará e como o que acontecia em Recife, Belo Horizonte, Porto Alegre etc.]. Imaginar modernismos mais díspares, mais pantanosos, mais próximos da alucinação do cálculo matemático, de uma memória fabulosa ou de problemáticas mais plurais.

Num desvio de propósito, uma espécie de *baixa sedução* e um *dispêndio*, seguindo aqui as proposições de Georges Bataille, Joaquim Cardozo ajustava sua postura política a um gesto radical entre modesto e lúcido, como disse dele o arquiteto Oscar Niemeyer na revista *Módulo*, em 1961: "... o trato ameno e simples do homem inteligente — Cardozo é o brasileiro mais culto que conheço — incapaz de impor uma opinião com a intransigência das coisas irrefutáveis, apresentando-as sempre como sugestões pessoais, que julga justas e convenientes." E, mais adiante, acrescenta: "o homem simples que se situa, modesto e lúcido, diante do mundo transitório em que vivemos (...)." João Cabral, ciente de tudo isso, manteve o desejo de publicar uma espécie de obra errante, porque sempre incompleta, de Cardozo, até bem perto de morrer.

Duas referências a esse apontamento: 1] Maria da Paz Ribeiro Dantas, certamente uma das pesquisadoras mais pertinentes do trabalho e do pensamento de Joaquim Cardozo, autora de 3 livros sobre o trabalho dele como poeta e um pensador para o futuro, exatamente por causa da relação tensa que arma entre o poema e a matemática, a cultura e a física, a astronomia e a alegria etc. E 2] Everardo Norões, poeta de dimensão erudita e alucinatória, que concentrou imensos esforços para a organização do volume tão sonhado por João Cabral. A edição saiu em 2009, equivocadíssima, pelas editoras Nova Aguilar, do Rio de Janeiro, e Massangana, de Recife, com o apoio da Fundação Joaquim Nabuco: sem o nome de Everardo Norões, o organizador, e outras várias questões, como a ausência das seis peças de teatro, bumbas, que Joaquim escrevera também num desenho vertiginoso a partir das assombrações míticas do sertão nordestino e do cálculo matemático. À época, escrevi um longo texto para o caderno *Ideias*, do **Jornal do Brasil**, quando o editor do mesmo era Rodrigo de Almeida, cobrando um melhor tratamento ao trabalho de operário com o pensamento que Everardo fizera, até como uma formulação respeitosa a Maria da Paz, que veio a falecer em seguida. Assim, a edição foi recolhida e em 2010 publicou-se uma reedição do livro apresentando algumas correções, como o nome do organizador, agora indicado, mas ainda sem o teatro e com o título de **Poesia completa e Prosa**.

Em que pese o falseamento absoluto promovido pelas estratégias de mercado, logo, do capital, em torno da ideia de "obra completa", um contrassenso, tanto pelo substantivo monopolizador, o de "obra", quando pelo adjetivo mortificante, "completa", expressão que retira a modulação que engendra um pensamento de trabalho, *com* um trabalho, mas que é ainda muito usual ou, mais severamente, num contraponto, muitas vezes num modo preguiçoso, a organização de antologias que funcionam como mapa, ou seja, controle e poder, em torno da composição delicada e forte da composição de uma vida com um trabalho.

O que fica, desse conjunto reunido, agora, 10 anos depois, é que o pensamento silencioso de Joaquim Cardozo é um móbil incessante que nos lança sem parar diante desse momento em que estamos, um "tempo de alarme". Ele mesmo disse: "Ninguém se lembrou que o silêncio pode ser uma energia ainda desconhecida e que sua concentração pode, ou se abafar inteiramente, ou explodir; (...). Ou mesmo, quem sabe, fora a própria materialização do silêncio. Se não a explosão, a implosão do silêncio." É com esse propósito à política que se pode imaginar a circunvolução de um pensamento que tende à *vulnerabilidade*, aquilo que nunca está pronto ou acabado, logo, nunca está "completo", e que se constitui por um estado danificado, destruído em si: uma construção oscilante, sem nome, território ou língua, para a destruição da destruição, tal como imaginara Walter Benjamin em seu *Caráter destrutivo.* Isto converge, primeiramente, à expressão *forma-formante*, que é um conceito essencial no pensamento de Joaquim Cardozo: esta ambivalência oscilante da forma que se abre e se expande por meio do *esforço*, quando *esforço* é aquilo que vem num engendramento [imaginar, engenhar, inventar] da *teoria da deformação*, porque no cálculo estrutural tudo é feito para que não se deforme nem deforme o *real* daquilo que constrói; Joaquim entende que *esforço* é um "estágio da experimentação em que o corpo se deformando começa a deformar, por sua vez, o corpo deformador."

Platão, no **Timeu**, comenta que o céu é esférico, que todos os pontos extremos do universo teriam uma mesma distância para um suposto centro que, por sua vez, manteria também uma distância e uma mesma medida com todas essas extremidades. O cosmo, para Platão, como uma imagem móvel da eternidade, está constituído assim numa dimensão de extremos, e qualquer tentativa de mensurá-lo se apresenta como descabida, inadequada. O universo não tem centro, e isto é político e interessa muito a Joaquim Cardozo, uma *geodésica do mundo* da qual o tempo faz parte: uma linha que cobre uma superfície, uma curva cuja *normal principal* coincide, em cada ponto, com a *normal* a essa mesma superfície.

Revista Revestrés, n. 47, dezembro, 2020/ janeiro, 2021.

Raúl Antelo ou
a poesia [ainda] não pensa

Em 2016 Raúl Antelo, professor de literatura brasileira e crítico cultural, argentino-brasileño, este limiar, projeta mais um livro, **A máquina a-filológica**, que finalmente só foi publicado no ano ruim de 2021, a todos os lados, pela EdUERJ/Faperj, como um vento inoperoso, *hexis*, a vida em potência: "a possibilidade de seu não exercício". No conjunto de ensaios o que se tem é a articulação improvável, como sempre, que Raúl vem montando e remontando há alguns anos em seus textos e livros, num jogo de vozes e séries, sempre imprevistas, em torno de questões que tensionam um pensamento acerca da modernidade, a vida moderna, e não apenas a arte moderna, entre distinção e arremesso à América Latina. É a tentativa deliberada e anacrônica de ler o presente, o tempo inteiro, numa sobreposição de superfícies e expandindo sentidos e possibilidades, quando a experiência ainda é o *lance de dados que não pode abolir o lance de dados*, lançando-a também num jogo de *interfícies.*

Este último conceito, o de *interfície*, que diz muito de uma ideia de Walter Benjamin, por exemplo, a de que a história é uma sucessão de catástrofes ou do pequeno mundo das coisas, aparece na esferologia do pensamento de Raúl quando se apropria, incorpora e amplia a ideia imaginando-a [e aí está o *ponto de insurgência*, uma política radical *da* e *com* a imaginação] sugerindo assim uma modulação e um esgotamento, para reagir engendrando o que toma, pois, como "uma máquina a-filológica": a história advém numa imaterialidade da literatura e da arte e não a literatura e a arte em mais uma materialidade da história. Ou seja, a política inoperosa da imaginação como dispêndio num procedimento *arquifilológico*: dispor e colocar em contato dados distantes, por sua vez, não-aparentados, para que se produza um choque entre eles [vínculo e anterioridade, mas não intimidade] e nunca uma história autoconsciente. Relato desfocado e deslocado, *fora de si*. A linguagem se esquece de si mesma, ou seja, remover esses dados a partir de memórias inaparentes e séries heterogêneas.

O pensamento e o procedimento de Raúl Antelo são, singularmente, arejamentos intermitentes e contrapontos àquilo que, numa naturalidade mímica, costuma-se ler e ver também como um "ponto real" num imenso conjunto imediato e raso de teorias afásicas de aporte centralizador, nacionalizantes e "fronteiriças", de grupo, servidão ou repetição sem diferimento: quase sempre formas-formadas, estruturas-estruturadas; quase nunca *formas-formantes*, estruturas-estruturantes. E essa singularidade do que lança aparece — como deriva, salto, saliência, contato, contágio, contaminação, disrupção extensiva [*disruptio*] etc. — na extremidade dialética e oscilante do *limiar*. Assim, por exemplo, na proposição interrogativa e sem necessidade alguma de resposta: "*como, com a crítica, criar vida?*". A luta impossível com a vida, e não apenas com uma sobrevivência, para deixar [repare-se: *deixar*, nunca *manter* ou *precisar manter*] as perguntas ativas e não encontrar meras respostas ajustadas; expor-se àquilo que não cessa de dizer com uma mínima força [a dos fracos] que possa, de todos modos, não cessar de dizer também. *Deixar* implica um gesto, uma remoção: *como destruir a destruição?*, um corte, um engendramento, potência e a impotência de dizer. Daí que persiga, sobremaneira, a arquifilologia: um enfrentamento aos impasses da formalização, ou seja, o real. O que Alain Badiou já pensara ao dizer que "o real é o impasse da formalização, o ponto do impossível de formalizar". Raúl, por sua vez, imagina, como política, depois como lição, aula, seguindo outra vez Benjamin, "ler o que nunca foi escrito", tocar o impossível do pensamento porque o impossível solicita existir, porque o impossível existe.

Num ensaio publicado em **Ausências**, seu livro de 2009 [Editora da Casa], "*Sentido, paisagem, espaçamento*", ele anota um reverso explícito e generoso que, de alguma maneira, convoca às perguntas deixadas, abertas, acerca do desenho da modernidade latino-americana, por vezes autocentrado na dicotomia simplista entre centro e periferia, lei e força de lei, poder e contrapoder, violência e contra violência, golpe e contragolpe etc. E aí, remove a cena da "desregulação regrada" e acena que Mário de Andrade enganou-se: "A Patagônia é um significante vazio. 'Il ne s'agit pas de pauvreté mais d'abscence' — observa Caillois. A Patagônia, local não de pobreza mas de ausência, é o espaço do sem-sentido. *Absence, ab-sens.* Mas é essa carência, precisamente, que abre a possibilidade de refletir sobre o sentido. Sabemos que, para que haja sentido, deve haver série, uma vez que o sentido não é imanente a um objeto, mas fruto de articulações no interior de uma série de discursos. Mas, mesmo separado do objeto, o sentido é igualmente exterior à consciência do intérprete, para o qual o sentido sempre se impõe por acaso e coação. A palavra, portanto, não dispõe, a rigor, de uma forma ou valor específicos, mas ela é dotada de uma força, de uma potência de disseminação e proliferação próprias. Melhor dizendo, o nome nada vale por si, isolado, mas tão somente por sua combinação. Todo nome é, em última instância, um *tropo*, uma figura e, assim sendo, vários teóricos, não só Paul de Man ou Derrida, mas também Ernesto Laclau, vão extrair dessa equação consequências políticas da maior relevância. Tomemos a equação que iguala Patagônia e vazio. Mário de Andrade chegou a dizer que 'não existe para o argentino o problema patagônico que nem mesmo existe para a gente o problema amazônico'. Enganou-se. Assim como não existe unidade sem zero, da mesma forma, argumentará Laclau, o zero sempre aparece na forma do um, do singular. Em outras palavras, o nome é o tropo do zero, mas o zero, na verdade, é sem nome, já que ele não pode ser nomeado. Essa soberana acefalidade da Patagônia nos ilustra que ela, de fato, é heterogênea com relação à ordem dos espaços, notadamente, a do espaço primordial da lei, do nome, do

Estado. Porém, a série do nome e do *nomos* não poderia se constituir enquanto tal sem referência a esse vazio originário. Ele é um suplemento ao sistema nacional-estatal que, entretanto, é estrutural a ele. Em relação ao sistema, o vazio patagônico, sua falta de história, encontra-se em situação de indecibilidade, numa posição sublime, de inclusão, mas também, simultaneamente, de exclusão. Ela faz parte da geografia mas é na história que se lhe compreende a configuração. Ele se integra à nação, mas, ao mesmo tempo, é inerente ao espaço internacional, ora pela exploração, ora pelo turismo."

O que se entende é que sem o fio a marionete está livre e, assim, pensa. O pensamento livre se estende numa espiral, até o infinito. Ou como disse Blanchot: treme. O que Raúl postula, e lembra, o tempo inteiro, diante dessa liberdade, é que todo fazer é sujo, logo, é rascunho, esboço, garatuja: "o isto já é um não-isto". E que entre voar e não voar, como a flecha que voa por não voar, a contrapelo, é que estamos constantemente diante da luta de classes, agora também luta das imagens, ou seja, o confronto é entre liberdade e servidão. Ou, como disse mais recentemente, em 2019, numa conferência no Rio de Janeiro, na Fundação Casa de Rui Barbosa, que neste país a questão tem sido e é, agora, mais do que nunca, entre liberdade e dignidade. O que se confirma, dia a dia, passo a passo, no buraco sem esperança a que milhares de corpos mortos nos remetem cotidianamente. O pensamento que Raúl Antelo se esforça para elaborar — acefálico e anacrônico, quando o nome não tem nome — se dispara para longe de toda monumentalização monopolizadora, daí que Duchamp, *infraleve*, quando aparece mesmo é ao lado de Maria Martins, e nos trópicos; ou Sylvio da Cunha, que escrevera uma pequena história da fotografia concomitante à de Benjamin e, pasme-se, girando os mesmos e outros sentidos; depois, mais poucos exemplos numa infinidade desmedida, Victor Delhez ou Jacques Maritain, a obnubilação de Araripe Jr., Héctor Alvarez Murena e Carl Eisntein, Ramon Gomez de La Serna e Juan Ramón Jiménez, Lamborghini e Arturo Carrera, Cesar Vallejo e "el analfabeto a quién escribo" etc.

A ideia mais radical de Raúl é devolver o pensamento ao pensamento, ou seja, à sua ilegibilidade, que é de onde ele provém, tal como o poema. Quando o pensamento ainda não pensa, mas existe em potência; quando o pensamento ainda pode pensar o impossível que é. Daí que uma imagem de Walter Benjamin reabra essa alteração ao modo de Marx, quando o homem pode alterar sua natureza para alterar a natureza: *há livros sobre a mesa, a mesa é alta demais.* Se o pensamento de Raúl Antelo é a aposta numa retratação, como queria Santo Agostinho, a imagem de Walter Benjamin dispõe um percurso em que a própria ideia de máquina, como mapa e modelo, se engana, se desmonta e se quebra por completo, por isso a-filológica: um pensamento um pouco mais ameaçador para intervir na história. O extremo da *crítica com a vida* não é que se suba ao tampo da mesa alta para reafirmar toda e qualquer hierarquia; mas espatifar a mesa para dispor também, no jogo intenso da queda, todos os livros no chão à altura do abjeto. O pensamento a uma exigência, a uma emergência; deixar o centro vazio ou, no mínimo, disponível: desmontar severamente a metafísica da presença. O que o mar apreende do canavial, o que o canavial apreende do mar, o que o mar se ensina do canavial, o que o canavial se ensina do mar: ler o óbvio ainda não é pensar. Ler *torto* como *torso* ou que *torto* é um contrário a *adestramento* é só capitular, sem demora, numa conformação corriqueira: palavras de ordem, quando a atenção deixa de ser a atenção que se faz porque, diz Blanchot, o torso só se realiza quando se lhes corta a cabeça. Ler, como sugere Raúl Antelo relendo Carrera, é correr o risco de imaginar que ao enfiar a mão no bolso cheio de merda há ali pequenas moedas falsas que podem nos valer uma vida: contra o tempo, contra o contemporâneo imediato e diante do presente que não é senão uma "nave del aire".

Revista Revestrés, n. 48, março/ abril, 2021.

Henriqueta Lisboa e Mário Peixoto, *O alvo humano* e *Mundéu*

Décio Pignatari lembra que por volta de 1963 ou 1964, não sabe ao certo, numa conversa com Guimarães Rosa, este lhe disse que "a prosa de ficção brasileira era muito frouxa". Aponta que concorda imensamente com Rosa e, quase com ironia, quase rindo, comenta que ele prosseguiu dizendo: "Quer dizer uma coisa assim... uma prosa muito boca mole, uma prosa que não tem caráter. Eu gosto mais de uma pedra pedregosa, de uma prosa pedregosa e a prosa brasileira é muito frouxa, é flácida." Isto que diz Rosa vai ao encontro do que anota Paul Klee, numa carta a Alfred Kubin, de 12 de maio de 1919, enviada em 10 de junho desse ano, quando imagina o que se evidencia a partir de um confronto entre uma "ideia de comunidade" e "uma arte extremamente individualista". Klee diz que este tipo de arte, individualista, que pode ser lida aí como a que é também quase sempre frouxa, flácida, boca mole, é "um luxo capitalista", logo própria para "a curiosidade superficial de ricos *snobs*". E nada mais.

Avance-se sobre isso o hábito, ainda, daquilo que se *fala*, quando *falar* ainda não é *dizer*, até porque *falar* nunca é *dizer*, que gira em torno das mesmas 3 ou 4 coisas, porque não há nada, a não ser a regra cínica de um vocabulário de plano imperativo, enfadonho, nada inventivo: *é preciso, devemos, é necessário, tem que* etc. E isto é demasiado usual, e perigoso. Ao perceber a ação equívoca de uma humanidade dedicada ao truque, que invariavelmente sucede ignorância e violência, Pier Paolo Pasolini denuncia com ojeriza o descompasso da cultura e da política que persegue tal regra, produzida pela mutação antropológica, apenas para consumo e num pacto mímico: "não há mais que diferenças retóricas" e "o nivelamento cultural [óbvio e ordinário, abaixo de zero] tende a suprimir também as diferenças psicológicas". Uma laminação traçada "pelo conformismo total da ideologia do consumo e do hedonismo liberal", o que tem muito a ver com um lastro cristão do capital que recusa a presença revolucionária de um Jesus antes de Cristo: "o nome *Cristo* é grego: com certeza, Jesus, falante do aramaico, jamais ouviu essa palavra, que é, apenas a tradução do vocabulário hebraico *meshiah*, o *ungido*, o *consagrado com óleo* [...]. Seu nome mesmo, *Jesus*, é judeu. E isso reporta às suas origens, à fé tradicional do povo em que nasceu", lembra Leminski no seu bravo e bonito ensaio em torno da figura do *nabi* : beduíno e de espada em punho. E aí está a implicação daquele que diz por parábolas, antes do cristianismo, ou seja, por um *desvio do caminho*.

Por isso Pasolini ajusta a sentença ao imaginar que o poder, a partir da mutação antropológica, é demo-cristão. E os que cumprem seus espaços de poder, até para indicar — e aí também violenta e imperativamente — que algum movimento seria produzir um erro, têm muito também a ver com "manobras de autômatos e sorrisos para cobrir o vazio". Pasolini diz ainda que somos todos cúmplices, claro que somos, ainda mais se agimos reproduzindo as frases feitas que não conseguimos enfrentar por falta de um vocabulário mais atento e expandido, como se estivéssemos diante, apenas, de uma fatalidade biológica, o fascismo, o novo fascismo, que "contamina o tecido social em todos os níveis, uma doença ideológica que ataca a alma e não poupa ninguém." Ou seja, a vida como um culto à regra cínica: só se pode falar as mesmas coisas acerca das mesmas coisas para que, assim, se mantenha o absoluto da *tolerância*, que não passa de um outro truque para a condenação [e que tem recebido um novo termo falseado, *empatia*]; tolerância que, para Pasolini, nunca é real, mas sim a prática de uma ideia de poder que não se opõe nem rivaliza com a ordem do capital.

O que nos sobra, como esperança incansável, é retomar num "anacronismo desprendido", por exemplo, uma ideia de "limite", como a que vem do filme de Mário Peixoto, de 1931, em torno de um jogo ainda não escrito: um cinema que não existia. Há uma questão aí — no termo, nas imagens, no pensamento e no procedimento —, que diz muito acerca de um *desvio do caminho*. Repare-se: 3 náufragos, um barco à deriva, nenhuma fuga, nenhum retorno, planos imensos e, seguindo o que disse Marina Moros sobre o filme, "nada de margem ou de resistência, mas anacronismo desprendido. Nem retraso, nem nostalgia, mas desacordo temporal - e de lugar - com um cinema que *não existia*." Seguindo o corte, Mário de Andrade se impressiona com a poesia de **Mundéu**, livro que é do mesmo ano de **Limite**, quando Mário Peixoto escreve um cinema diferido de livros próximos, como o **Alguma poesia** [1930] de Drummond, por exemplo. Tanto o filme como o livro armam um pacto, um vínculo, entre a terra e o mistério, e uma virtude que Mário de Andrade denomina como "a inconsciência dos fatais".

O livro tem apenas 10 poemas entre longos e quase longos. Volume magro, aberto, com imagens que roçam uma extensão de cena larga e plano-sequência, em que a vida ao redor é toda muito longe das mãos e sem as circunstâncias medianas que alimentaram e alimentam boa parte da poesia brasileira de antes e de agora. O que está em jogo é a linguagem das coisas, uma memória das coisas. O poema *Mulher no meio do campo*, por exemplo, é lacerador: uma composição de montagem rara e sem subserviência a qualquer modelo, sugerido ou imposto, com uma tarefa política também rara: tentar, minimamente, o tempo inteiro, *dizer* outras coisas de outros modos. Ele escreve: "mulher de vestido vermelho / vermelho / vermelho mesmo que dói / que eu vejo ao longe / no meio do campo // imagino tanta coisa // você cortou cana na roça / carregou o feixe na cabeça / encostou a cana na casa de ripas / e ficou de mãos na cintura / imaginando também / parada / olhando / olhando / aquele mundo em redor // o sol evaporando a água / a terra / tão quente / que estala de seca // foi tudo que vi / do trem / quando passava / o mais / não sei // mas imagino muita coisa / de seu vestido vermelho / da sua moleza / de mãos na cadeira / cuspindo de esguicho // se eu passasse / todos os dias / com o trem / saberia toda a sua vida / os seus segredos / são comuns com a natureza / dependem do sol e da chuva / do frio e do quente / caminham com eles / combinam / se o trem parasse // quem sabe / hein / quanta coisa / iria saber / daquele vermelho berrante / que vai ficando pra trás / pequeno / pequeno / um ponto luminoso / na paisagem rápida / que foge do trem".

Anos depois, em 1963, o mesmo ano suposto da conversa de Décio e Guimarães, Henriqueta Lisboa publica **Além da imagem**, um livro para rasurar o sentido de uma aparência do real que toca, outra vez, de outras maneiras, uma ideia de limite. Só 9 anos depois volta a publicar poemas, com **O alvo humano.** Se armadilha de caça ou o que ameaça desabar, e ainda ruma ou entulho, o termo *mundéu* não é, se não, ao mesmo tempo, um alvo constituído pelas imagens que, ao lado, não podem ser tocadas. Henriqueta provoca um gesto silencioso, sem individualismo, mas com rigorosa singularidade. A única paridade diferida ao que ela inventa em seus poemas, e também noutro espectro, é a poesia-pensamento de Joaquim Cardozo. O que engendra é um dizer, com força, que contraria uma fala de circunstância rasa e, principalmente, numa paráfrase infinita: nem retraso, nem nostalgia, mas desacordo temporal - e de lugar - com uma poesia que *não existia* e nem existe ainda.

Assim como o livro de Mário Peixoto, o livro de Henriqueta é também magro, e persegue uma linguagem das coisas, com as coisas, uma memória do mundo e a denúncia do espectro assolador de uma vida sem força para a composição de qualquer im-potência à comunidade dos não-aparentados: um pensamento *anti* gravidade. Ela escreve em *Rebanho*: "Apesar dos sete mares / e outros tantos matizes / somos um. / Apesar dos ritos múltiplos / das divergências das estirpes / da geometria e do floreio / somos um. // Na conjuntura de viver / para morrer — tão só - / quem sequer assoma / ao negro espelho sem que / todo se inscreva em negror / de cerração. Negação? / As redes do amor com suas / eivas de sempre — as foscas / malsinações — / o obscuro planejam: / ovelhas, para o rebanho. // E muito embora / ao crepúsculo recurvo / sobrelevem largos olhos / e nos longes amanheçam / lavras de ouro lavadas / de sangue e suor, / vigora o medo / de se atingir a verdade / — novo módulo — / que ao embalo da memória / para o vale nos impele / dos ancestres. // Todos procuram, ninguém / no que avulta reconhece / de bisonho / a pura lucilação / que nos levaria à fonte / à água da fonte, ao fio / do labirinto que é sede / e desistência larvar / diante de um cego / espelho / em que se anulam cor e forma / no total. // Unidos fortalecidos / eis-nos em compacto bloco / caudatários / da bronca da espessa marcha / circular. // Uma ovelha branca? / Infiel. / Transparente intacta / portadora dos raios / solares? / Infiel."

E, por fim, numa "pura lucilação", o que figura uma aproximação com a ideia de Pasolini em torno de um vazio do poder — por sua vez muito mal lida por Georges Didi-Huberman, que perde de vista o descompasso do desespero e se fixa na imagem dissoluta do vagalume como dilação de uma esperança também vazia —, e se todos cúmplices nesse vórtice, círculo sem elipse ou apenas o quadrado [a forma absoluta e fascista], sem nenhuma capacidade, necessidade ou possibilidade de tocar o infinito da espiral, fica ainda uma pergunta ativa tal como a anotada por Paul Klee: "Mas que podemos nós entender de tudo isto?"

Revista Revestrés, n. 49, julho/ agosto, 2021.

O pensamento desintegrado e em fúria de Torquato Neto

"não há como esperar por coisas novas em qualquer outro caminho que não seja o caminho de casa"

[WALTER BENJAMIN]

Numa carta de 11 de novembro de 1968 para artista visual Lygia Clark, naquele momento em Londres, Hélio Oiticica apresenta um jovem e amado amigo a ela, Torquato Neto, então com 24 anos, e diz do quanto esse moço é impressionantemente livre, à deriva, severo e estudioso e que vem fazendo uns poemas em que *palavras e sinais se desintegram*; depois anota: "Uma coisa engraçada: Torquato gosta, em geral, de coisas que ninguém gosta". E em abril de 1973, numa temporada em New York, Torquato já morto [10 de novembro de 1972, aos 28 anos], Hélio volta a escrever acerca do quanto a força e a fúria, esses elementos que engendram um estado desintegrado da língua e do pensamento de Torquato, são um projétil em direção a nada, por isso, certamente, lembra de Antonin Artaud: "cura = veneno". Ainda mais quando há uma discussão inócua de que a literatura pode se lançar a uma facilidade rasa e simplória, galvanizada, de cura. Importante lembrar que Gilles Deleuze — que também se matou, e aos 70 anos, num sem saídas da somatização que venceu a guerra do século 20 em torno de uma ideia de "acesso" —, já falara na radicalidade de *uma saúde*, mas nunca de *uma cura*.

Adiante, Hélio, nesse mesmo datiloscrito, lembra que Torquato "não era digno da mesa nem dos 'malditos' da nossa paupérrima 'casa grande', ?????, uma espécie de MIDNIGHT RAMBLER atrás da porta e do conforto desconfortável do contentismo suado". Atravessar esses *não-sentidos* é, sempre, retirar ou, no mínimo, deslocar e descolar Torquato de uma leitura primária que o conforma apenas numa certa memória fixa de geração, anos 1970, ditadura militar, tropicalismos etc. Importante, talvez, muito mais, agora, perceber também os desvios oscilantes e, se devagar, reparar, pelo menos nessas indicações que fez. Cabe imaginar, ainda, que "experimentar o experimental", proposto por esses sujeitos-ar-rarefeito da cultura brasileira, tem a ver com o desconhecido, um modo a uma ultravida ou a um além-mundo, mas aqui, no único mundo que criamos.

Um imprevisto heterogêneo e singular que vai desde vestir-se de Nosferato num filme de Ivan Cardoso [**Nosferato no Brasil**, 1971], por exemplo, ou optar por uma fotografia do rosto de Jean-Luc Godard — com a legenda "Poeta. Nunca teve medo de quebrar a cara." —, quando reclama, em sua coluna **Geleia Geral**, 14 de setembro, 1971, terça-feira, intitulada *Pessoal Intransferível*, uma tarefa política para o poeta: "é estar sempre a perigo sem medo, é inventar o perigo e estar sempre recriando dificuldades pelo menos maiores, é destruir a linguagem e explodir com ela". Depois, ainda anota: "quem não se arrisca não pode berrar" e esta circunstância desdobrada acerca daquele que teme lançar-se e grita de horror: é sempre o homem mesmo se for um boi. Poeta, para Torquato, é Godard, o cineasta francês que jamais aboliu a convulsão da luta de classes ao perceber que, muito mais, numa opressão da história, estamos diante da luta das imagens e com as imagens: recuperar, retratar e restituir exatamente quando a linguagem se inclina a fingir-se de morta imitando um inseto. Godard sempre reage: "faz filmes como quem não tem nada a perder", disse dele François Truffaut.

Tudo o que foi pensado e escrito por Torquato vai num sentido sem direção, um desalinhavo, no mínimo, mas muito mais, como ele mesmo indicara, ou Hélio, para uma desintegração. E isto tem a ver com o desanuvio do corpo que desbarata o malogro, logo, de antemão, de qualquer princípio construído para um consumo institucional. A atenção também se abisma naquilo que o pensamento de um andarilho como ele consegue revirar e se arremessa à potência de enfrentamento, principalmente, do "atual", como o que *atua* e *promete*, ou seja, como uma coragem para tocar um tempo em que aquilo que é a história e todos os seus entornos e litorais não têm mais esperança alguma. Assim, é irrelevante ler-se qualquer coisa sem a aderência de toda a empiria que a palavra testemunha quando se modula politicamente opondo-se às formas de dominação do instituído, ainda mais se o que se vai ler é um poeta como Torquato Neto. O que há é a urgência do pensamento que expandiu e do quanto ela exige, ato gratuito, um gesto para acolher um outro como outro — "Minha amiga mais bonita é meu irmão" —, tal como Jacques Derrida sugere em carta a alguns escritores palestinos: "Começar, re-começar (recomecemos), é arriscado, às vezes impossível, sabemos, por dizer 'nós'. O mais justamente, o menos injustamente possível. [...] *Nós* achamos que é nesse limite, nesse lugar de esgotamento, que é possível começar a recomeçar. E esse limite é o dentro ou o fundo do coração. Daquilo que decidimos chamar de novo coração, para invocá-lo. Aí o *nós* ultrapassa a razão e ganha imediatamente o coração, é lá que ele fala sem diplomacia ao coração, do coração, de coração a coração, a razão do coração, sua razão política. *Nós* estamos seguros disso: o coração, que não quer dizer outra coisa, está do lado da vida."

É aí que mora e demora, e *se* demora, uma das proposições mais viscerais de Torquato Neto, quando escreve em 15 de setembro, 1971, na sua coluna, a ideia de "por a boca no mundo" que se engendra e gira em torno da figuração de um "*qual-quer*", um "tudo é perigoso" porque "assim não é possível". Há um cansaço ou, muito mais, um esgotamento, que tem a ver certamente com o imponderável da perda de toda vinculação entre corpo e pensamento, pensamento e corpo;

perda que é também produzida por uma sociedade sem brechas, e aí sim, encurtada pela eficácia violenta da ditadura militar, mas não só, porque há ainda e fatalmente a eficácia mais abrangente e violenta do capitalismo de chumbo. Contra isso a reação furiosa é a da imaginação como um perigo, "o poeta perigoso" de Dante Alighieri, que pode desmontar e desfazer a assimilação em estado de truque financeiro de que a liberdade, a inteligência, a alegria, a juventude, o estudo etc. são conveniências a uma sobrevida. No poema *Literato Cantabile*, ele escreve: "agora não se fala mais / toda palavra guarda uma cilada / e qualquer gesto é o fim / do seu início / agora não se fala nada / e tudo é transparente em cada forma / qualquer palavra é um gesto / e em minha orla / os pássaros de sempre cantam assim, / do precipício: // a guerra acabou / quem perdeu agradeça / a quem ganhou. / não se fala. não é permitido / mudar de ideia. é proibido. / não se permite nunca mais olhares / tensões de cismas crises e outros tempos / está vetado qualquer movimento / do corpo ou onde quer que alhures. / toda palavra envolve o precipício / e os literatos foram todos para o hospício / e não se sabe nunca mais do mim. agora o nunca. / agora não se fala nada, sim. fim. a guerra / acabou / e quem perdeu agradeça a quem ganhou."

O gesto que se estende, faca só lâmina, da mesma guerra de sempre e que se pode apreender de Torquato Neto, escorre do Piauí até uma anulação de uma ideia de centro e, assim, de poder. Quando, por exemplo, curvado, alguém agradece a visita do vento que vem do sudeste para retirar o pó de um suposto desamparo, sem memória ou lembrança, numa espécie de fome, porque é pobre e mora longe num Piauí desmilinguido, basta reparar-se em Torquato, lição por sua vez apreendida de Drummond, "melancólico / e vertical", impondo-se com toda a força furiosa do corpo e do pensamento para dizer que é um contra movimento ao mapa, ou às avessas ou apagado por completo, que se pode rearmar e rasgar o desenho, um Torres García mais severo e mais perto do *infraleve* de Marcel Duchamp e as máquinas celibatárias.

Ora, é olhar ao lado, porque longe mesmo é o muro sudestino que é quase sempre preconceituoso e bélico, um protofascismo lânguido, em direção aos gabirus que todos poderíamos ser. De fato, cagam e andam a *qual-quer* que deste nordeste venha e não lhes aceite pedir a benção ou lamber as botas, dar a volta em suas cabeças como moscas famintas. Se ao lado e mais perto, repare-se no trabalho imparável, por exemplo [pra ficar apenas nos cindo dedos de uma mão esquerda e jovem, como esse Torquato sempre aos 28 anos], de Adriano Lobão Aragão, Demetrios Galvão, Laís Romero, Renata Flávia e Thiago E. E repare-se na revista **Acrobata** ou nesta **Revestrès** e no trabalho de seus editores e sei lá quantas outras pessoas, pensamento, esforço e tantos pequenos gestos de desintegração e fúria. Fácil lembrar de duas mínimas linhas implacáveis de Renata Flávia, uma poeta das mais interessantes e com imensa proposição política em tudo o que toca: "em estado de guerra, eu abraço!" e "punhal cego que sai cortando a porradas. assim se arrancam falsas promessas".

Revista Revestrés, n. 50, novembro/ dezembro, 2021.

Pasolini, 1922-2022: disposição, espiral e luta

As fotografias do corpo e do rosto lacerados de Pier Paolo Pasolini depois de seu assassinato, em 02 de novembro de 1975, engendram alguns desafios à quem as observa: a reparar-se que, ali, diante de uma reinvenção e supressão das formas o que se tem é o que Catherine Malabou entende como a confirmação de uma "plasticidade destrutiva e explosiva", de um lado, e o que Walter Benjamin considerava como uma construção repetitiva da vida moderna, resultado do impasse de que "a violência que mantém o direito é violência que ameaça", de outro. Catherine, por exemplo, lembra de **Le thèorème de Almodovar** (2009), livro de Antoni Casa Ros, quando este, depois de sofrer um acidente automobilístico — um cervo na estrada, a morte imediata da companheira e o rosto completamente desfigurado —, diz que seu rosto ganhara um estilo cubista e que Picasso o odiaria porque ele é a negação da invenção do pintor catalão. Anota, assim, que não passa de uma fotografia mexida que, de alguma maneira, pode fazer lembrar um rosto.

A questão para Catherine Malabou é, fundamentalmente, a projeção que se tem da "fina casca do ser para a morte" entre os termos *plastic* e *plastique*, da língua francesa, que se remetem diretamente à explosivos de matéria plástica: uma ontologia do acidente. Depois, uma pertinência em torno da sugestão de um sujeito, ser ou personagem, que, agora, lacerado por um crime de lesa vida, pode, ao mesmo tempo, ser a "vítima da implacável necessidade trágica", "um personagem irreconhecível" ou uma mera "vala profunda aberta na biografia". É a falta contundente de um outro, quando e onde um outro falta exatamente porque não há mais, desde o fenômeno do capitalismo com um trabalho silencioso de repetição e reprodução. Supressão, indiferença, frieza (características já denunciadas por um poeta como Bertolt Brecht), operam uma metamorfose em que qualquer alteridade se dispersa na ausência absoluta de transcendência. E isto, lembra Raúl Antelo, recuperando Benjamin, porque o capitalismo representa uma teologia além da teologia e, sobremaneira, porque produz e *gera* (este termo que vem dos usos industriais e assume um lugar afetivo na vida ordinária, como se fosse sinônimo de invenção, tal como os vocábulos *ação, investir* e *mapa* para as relações amorosas são inócuos) um pensamento da reprodução que contempla apenas a forma da reprodução, não questionando mais o que, em verdade, vai ser reproduzido. A teologia do capitalismo e da cultura de massas desenvolvida por Benjamin, diz Raúl, é uma teologia da reprodução além da questão do original. Assim, ela produz uma forma de teologia aparentemente elevada e não mais passível de crítica.

Se seria possível pensar numa execração de sudário, acrítica, que se figura no lençol branco que recobre o rosto e o corpo de Pasolini, ali, ainda no chão, em Óstia, muita gente ao redor — "não é possível compreender a frieza dos assassinos ou a indiferença dos espectadores" — , desmontando um pouco a ideia frágil e fóssil de "un giallo", se pode começar também a perceber a metamorfose de uma condenação anterior que tem a ver com uma rigidez de pensamento sempre movida por derivações que se arrastam também a um quase moralismo oscilante entre cerimonial e frenético, é o caso do tratado antipedagógico **Genariello**, por exemplo, e por causa da composição que amalgama *Eros*, catolicismo e marxismo (o crítico mexicano Christopher Dominguez Michael afirma que Pasolini foi o único poeta definitivamente marxista do século 20 do qual se teve notícia) num contra movimento incessante para anular, até o impossível, qualquer ideia de poder. E isto através de um debate e de um debater-se (assim, nunca num enunciado, mas sempre em enunciação, porque também e principalmente com o corpo), numa luta, mesmo que em retardo, mas em espiral, e que se empenha para enfrentar a indolência e a indiferença. Pasolini projeta essa luta naquilo que nomeia, convicto, como uma "luta retardada". E é essencial lembrar ainda que, para ele, o moralista é, invariavelmente, quem olha o mundo apenas apontando o dedo para os outros, ou seja, lei, violência e juízo; e que quem defende uma moral tenta, minimamente, olhar antes a algum si mesmo, oscilante e inseguro, sem apontar nada a ninguém.

São essas formas de subjetividade pós-traumáticas, que envelheceram jovens e que não morreram da velhice de sua juventude, por sua vez, caso clássico de Marguerite Duras, que Catherine entende como "figuras inéditas do vazio ou da deserção identitária, que escapam à maioria das terapias, à psicanálise em particular." Essas figuras advêm de uma existência que continua o tempo inteiro apenas sobrevivendo condenadas a recaírem sempre em si mesmas, sem fuga possível, e que até passam por transformações, mas sem sair do lugar. E isto porque, diz ela, com muita clareza, como uma disjunção extensiva do capitalismo, só há um mundo, o mundo, este, sem dentro e sem fora. Até porque, sabemos, imaginar uns mundos, outros mundos, particulares ou singulares, é exatamente cumprir o que o sistema financeiro que nos rege quer, sugere, impõe.

Noutra ponta, é neste O MUNDO, se coletivo e comum, que toda modificação que se faça é mais radical, mais violenta, mais fragmentada. Daí que ela entenda que a pior dissensão de um sujeito consigo mesmo, que o mais grave conflito, não tem nem mais figura trágica. E que tudo isso é, num paradoxo, marcado pela indiferença e pela frieza. Daí que Pasolini procurava cumprir, o tempo inteiro, uma ideia de existência e sobrevivência, não apenas para a específica conquista dos direitos civis (exemplo crasso da luta em retardo), mas sim de como exercer e exercitar tais direitos, porque lia essa questão não como um problema social de comportamentos díspares, mas sim de cultura. Tanto é que ao considerar os seres humanos como "pobres bestas", uma convulsa e sempre desesperada constatação, arremessa um contraponto singular de que os direitos da vida, se são os atos cumpridos em anonimato todos os dias, como uma religião, estão circunscritos a uma inércia e estagnação meramente repetitivas.

Essa enunciação é explicitamente anotada numa conversa pública com Alberto Arbasino (1930 — 2020), quando este lhe interpela, em novembro de 1969, em **Il tempo**, acerca das ideias de Walter Benjamin, que supostamente Pasolini não lera ainda, em torno da mercantilização da cultura e suas conexões com a práxis social capitalista. A inferência anotada por Arbasino é a de que Benjamin propõe pensar se a contestação, tal como a cultura, é imediatamente fruída no movimento em que atua. Como se entendesse que toda cultura é apenas mercadoria, produto, salão. Pasolini replica dias depois reclamando que não há necessidade de citações ou peças de apoio para expressar essa noção que, segundo lhe consta, é reafirmada em si mesma, daí que a repita, textualmente: "a contestação, como a cultura, é imediatamente fruída no momento em que atua." E isto porque percebe que a "contestação não chega a se tornar revolução, ela é integrada: mas isso é trágico." Importante atentar que Benjamin considerava a revolução como uma condição-limite da consciência de classe, isso se uma ideia de classe não se perde numa manobra de massa, *classe* diferente de *massa*, quando a "consciência" é apenas aquilo que também, e melhor, se adequa à mercadoria; não à toa é um pensador da crise e da reprodução.

Tanto que no pequeno ensaio **Experiência e pobreza** (1933) já apontava para o surgimento de uma forma de miséria que adviria do monstruoso desenvolvimento do capitalismo narcótico que se lança sobre o frágil e minúsculo corpo humano. Raúl Antelo ao comentar esse ponto de insurgência de Benjamin, diz que "A natureza e a técnica, o primitivismo e o conforto, como previram tanto Carl Einstein quanto Walter Benjamin, unificam-se completamente, e aos olhos das pessoas, fatigadas pelos avatares da vida diária, impõe-se uma saída limpa e justa, ultra-teológica. *Tomando como exemplo a universidade, diz* que há novos laços, virtuais, porém imateriais, em que se prima, como diz Fabián Ludueña, por uma agregação sem coesão e por uma conexão sem comunidade." Raúl lembra ainda de algumas intervenções mais recentes de Giorgio Agamben, "exasperando a opção tecno-virtual como alternativa parangonável com o pacto fáustico de Mussolini, mero avatar do dilema de Benjamin de 1936, estetização da violência com o fascismo *versus* politização da experiência com o comunismo, não fizeram mais do que reabrir a questão da reprodução como ameaça." (ANTELO: 2021, p. XX) Esta discussão não saía, em nenhum momento, da mira de Pasolini, ainda que insistisse num estatuto da semiótica para reorientar a linha difusa e tênue do *filme*, como um conceito cinematográfico-linguístico — nunca de fronteira, mas de limiar, numa contraposição equívoca —, entre código e realidade, o que é bem o caso do filme **Teorema** (1968), que gira muito em torno da existência como mera futilidade. Noutro sentido, importante reparar que é dessa mesma contraposição equívoca que advém uma mágica e encantada ideia de Pasolini: a de que *cinema não é imagem.*

Revista Revestrés, n. 51, janeiro/ abril, 2022.

SEGUNDO TEMPO

A *mátria* de Laís Romero ou digitais impressas no tempo

"não tenho pátria, tenho mátria
e quero frátria"

[CAETANO VELOSO]

Em 1965, Elsa Morante profere a conferência **Pró ou contra a bomba atômica** 3 vezes, em Turim, Milão e Roma, depois a publica na *Europa Letteraria* em abril daquele ano e, só em 1984, em **Linha de sombra.** Na conferência, traduzida e prefaciada no Brasil por Davi Pessoa e publicada em 2017 [Editora Ayiné], ela indica o "sistema de desintegração" em que vivemos diante das ameaças constantes do capital e a da era atômica; agora, isso se implicaria sobre a era tecnológica da IA afásica que relega todo e qualquer caráter entre carne e sangue ao jogo da ineficácia, ou seja, imprestável ao dinheiro. Ao mesmo tempo, Elsa chama atenção à tarefa política do escritor, da escritura, frente a esse tempo, e difere severamente as atribuições do poeta das do literato, porque este último sempre se volta à banalidade do "mercado editorial" e seus aparatos de conluio e glória, nada diferente das relações, por exemplo, entre Gabriele d'Annunzio e Benito Mussolini: favores e bajulação, ou seja, ampliação porosa do fascismo.

O que Elsa Morante projeta é pensar em que momento o papel da poesia ainda é ao contrário, e contrária, ao sistema expandido de desintegração em que vivemos. A resposta aberta que encontra, e que apresenta também como pergunta, é: *NENHUM*. E desenha, com extrema radicalidade, uma aposição entre Eros e Tânatos, outra vez, para nos lembrar que sem Eros, *seducere*, sobra-nos o ilusionismo do segundo que nos desvia, fatalmente, do real, nos deixando apenas a narcísica "evasão de si mesmos": alienação e intimidade, regressão ínfima e angustiante, tráficos oficiais e mercado fúnebre, luta das imagens sem luta de classes etc. E sem perder de vista que o que gira e engendra uma teoria da imaginação contra esse "sucesso" glorioso é a realidade, daí que o exemplo que dá é Miklós Radnóti: poeta húngaro, muito jovem, morto no *Lager*, golpe na nuca, antes obrigado a cavar a própria cova, existência reduzida ao horror espectral, "um caderno, uma lanterna, tudo me foi tirado pelos guardas do campo, escrevo versos no escuro" e "agora a morte é uma flor de paciência". Elsa diz, com força e boniteza, que Radnóti deixa "milagrosamente, a prova de que mesmo dentro daquela máquina perfeita de desintegração, que o aniquilava fisicamente, sua consciência real permanecia íntegra".

Não há muita diferença entre a estrutura dos *Lager* e a estrutura da cidade moderna-contemporânea: a voracidade onívora e indômita do capital, além de bélica, é inesgotável e assassina; o real desaparece e o que escapa torna-se imediatamente a regra para uma existência mímica pactuada com tudo o que a ilusão do dinheiro oferece. É o contraponto do contraponto até o contraponto, infinitamente, mover-se entre um nem sim nem não, desejar o desejo, espaços e tempos desejantes, abertos, livres, caminhar, caminhar mais. A primeira parte do primeiro livro de poemas de Laís Romero, **Mátria** [Editora Paraquedas], vontade de frátria, filos, se chama exatamente *desejo*. E assim, tão logo, anota: "tateio a língua", "tateio o lábio" e "o solo irrigado / o reverso, o sumo / verde-escuro / plantação". Nascida em Teresina, no Piauí, em 1986, arrisca o poema com imagens de força e sem compaixão alguma à língua, aos jogos de azar da vida e do mundo e modulando um desafio à toda e qualquer lógica imposta entre cultura e memória fixas; algo muito prenhe a partir de "persistência", "assisto" e "escrevo" como "metáfora abissal".

Em seguida, a série de imagens é impressionante: "dança em dança", fome de "comer suas peças pelo pescoço", "melancolia vermelha / e pavor", "correntes mais violentas", "muitos metros de pele", "coisa leve do impossível", "digitais impressas no quadril", "as mortas falam", "tempo para o desejo / tempo para perder a hora", "imensos blocos de concreto / armado / velozes blocos que não permitem / a ousadia da distração", "há um veneno lento", "o brilho do chicote encerado", "são tantas as pessoas que podemos trair" etc. Laís avisa e, ao mesmo tempo, denuncia que este seu livro magro é imparável, tal como um pé esquerdo inquieto capaz de chutar canelas fixas e conformadas, e também uma convocação à construção de uma comunidade de mulheres tal como a imaginada por Emília Freitas, no sertão do Ceará, em 1889, para enfrentar com risco o ignoto patriarcal: mátria = frátria. Não à toa a segunda parte do livro é *mátria*, que dá título ao livro, e a terceira e última é *pathos*, mas num diferimento ao patético do gesto incapaz de dançar.

Andar à beira de abismos, dançar à beira de abismos, o alarme de incêndio que vem de Nietszche, aqui, se reconfigura no que se imprime no tempo, com o tempo, para o tempo, até porque se está diante de um trabalho que é, segundo ela mesma, um "feito irresponsável de mulher / uma poesia tímida e vadia / que se arrisca", o poema que é escrito enquanto "queimamos pessoas / ... / rasgamos a pele / ofertamos os filhos" e "lutamos em guerras / em cima de nomes / que lhes demos / por não sabermos / seus idiomas secretos?". Salta, como uma origem, *Ursprung*, o poema *O meu país*, quando escreve um contrário à farsa democrática; repare-se em alguns fragmentos: "atuar meu papel / pardo / nordestino e calado / de mulher // o país morre agonizando / em calçada", "andar num ônibus lascado / quente e abafado", "vivendo / de boa vontade / a caridade é o papel do / religioso engajado e a / igualdade é pacto", "arder na saliva branca do ódio de / uma gente sem astúcia sem / delírio", "arredia e valente / igual à ancestral / capturada para casar / e de sucessivos estupros / fazer brotar / o meu país".

Laís Romero imprime, de fato, uma "busca pela coragem", quando se entende que a coragem, ou uma coragem, é "há alguém a algo" e, numa transparência, "há algo a alguém"; está em Hölderlin, a palavra do poeta [*Dichtermut*] só é se uma coragem, um perigo, um ajuste de contas, rival do mundo etc. E o mais interessante e pertinente, ainda, nesse **Mátria**, é o tanto e o quanto a anotação de um EU e de um MEU nem são o desamparo da intimidade vazia nem muito menos a tentativa em tomar a posse de nada, mas sim uma disseminação ao que não é pertença, colapso de tudo, "fogo e valsa" e quando é o corpo que diz "a rata em marcha solitária". O trabalho de Laís se imprime no tempo e se junta, com a delicadeza da porrada — e que ainda pode nos liberar do esgotamento industrial de uma poesia piedosa e cristã feita no Brasil e publicada por grande editoras, sem vísceras, logo sem experiência, mera vivência íntima e pessoalizada, vidinha em família — à poesia de Renata Flávia ou de Aline Prúcoli, de Júlia Studart ou de Annita Costa Malufe, de Marcela Maria Azevedo ou de Rita Isadora Pessoa, de Chantal Castelli ou de Veronica Stigger, de Joice Nunes ou de Sara Síntique, de Gabriela Perigo ou de Amora Pêra etc. É que estamos o tempo inteiro diante de uma guerra que não acaba nem acabará, Laís sabe, e diante de uma guerra "o inferno é", ela avisa na última linha do livro.

Revista Revestrés, agosto, 2023.

Quase uma história e os poemas sem inocência de Chantal Castelli

"Não existe o alhures. Estamos todos aqui."

[PIER PAOLO PASOLINI]

Estamos, há muito, em tempos sem inocência. Num texto de maio de 1969, "Monstros e monstrengos", Pier Paolo Pasolini, poeta e cineasta italiano, denuncia que "a inocência não existe, ninguém é um anjo vítima do diabo". E aponta a chantagem como um modo desse jogo moralista e judicativo, além de uma busca por monstros para que sejam linchados antes; do quanto há uma necessidade imediata de linchamento. Daí que diga, com força, que o moralista só aponta o dedo a outrem, nunca a si mesmo. Toda a responsabilidade é — eis a moral da pequena burguesia, que, aliás, fica muito aborrecida quando a sua moral não se cumpre —, biblicamente, das maldições divinas. Pouquíssima ou nenhuma diferença entre a civilização de *Himmler* e dos *Lager* para a que nos modela agora, em tempo real, como vigilância e violência. É a expressão de Max Weber, "o monopólio da violência", para dizer das sociedades capitalistas, que faria tanto sentido ao pensamento de Walter Benjamin, desde o texto *Para uma crítica da violência*, 1921, até as *Teses sobre o conceito de História*, 1940: "a violência que mantém o direito é a mesma, a partir do direito, que nos ameaça."

Nessa estrutura mímica, repare-se agora, por exemplo, 1] na quantidade de jovens estudantes e poetas celebrando e anunciando que foram jurados da primeira etapa de um desses prêmios literários, felizes pela circunstância de um pacto circular, sem elipse, sem corte, sem abertura, sem desmonte. Baudelaire disse que um prêmio literário fomenta a hipocrisia, há algo que fere tanto o homem quanto a humanidade, ofusca tudo. E é Pasolini quem reclama do pacto dos estudantes com seus superiores quando estes passam a determinar onde e como serão as assembleias daqueles; é também quem denuncia a passividade de Ungaretti quando a burguesia italiana o transformou num "poeta oficial" e ele não fez nada para que isso não acontecesse; 2] na disputa grosseira e agressiva entre duas figuras que dizem decantar o encantamento a partir da floresta e da seiva do coração com os tempos do primitivo por um assento numerado para o chá da tarde numa academia de letras, oficialização e mudez, quando, no mínimo, se a coragem ainda é um ato sério, poderiam até se juntar pra tentar fechar de vez todas essas academias que não dizem nada, se prestam a nada.

O apontamento é, precisamente, diz Pasolini, "as coisas que o poeta enfrenta na juventude, e sobre as quais, mais tarde, quando já velho, se cala." E é essa ausência completa da inocência que Chantal Castelli [1975, SP] traça sem piedade nos poemas de **Para que os inocentes não tenham tempo** [Corsário-Satã, 2023]. A poesia de Chantal, há muito, já incorpora os sentidos abertos de uma esferologia limite com os impactos sociais e políticos de uma vida com violência, do corpo a corpo, do mero convívio doméstico à rua, da rua à miséria, da miséria ao direito, do direito ao ritornelo da violência etc. E isto é o fundamento do espectro da política, integralmente, nos móbiles em que estamos girando ao redor dos centros do dinheiro. Leia-se, pois, os livros anteriores de Chantal, como **Memória Prévia** [Com-Arte, 2000] ou **Os cães de que desistimos** [Hedra, 2016]. Está muito claro o quanto Chantal lê, entende e percebe o buraco da interrogação "quid tum", algo como "e então, e agora?", e que esse buraco não pode ser inscrito a partir de um mero desenho íntimo, familiar, narcísico, autobiográfico, frágil, atoleimado. Mas sim, recuperando o gesto do quanto uma perspectiva da história ainda descende, noutro exemplo, da técnica de Ptolomeu, quando transforma o globo em um mapa, ou seja, num espaço reto de controle e poder. E isso coincide com a construção do **Hospital dos Inocentes**, em Florença, projeto arquitetônico de Filippo Brunelleschi, com um pórtico que funcionou até 1875, onde se enfiavam os enjeitados, os inocentes, as crianças recusadas por seus pais. E é dessa violência de morte, biopolítica imperiosa, da qual surge o nome do *Renascimento*: esta segunda natureza que advém apenas para fins civis.

É uma linha rara, raríssima, de pouca palavra e muitos esforços de linguagem, imagens empenhadas e um trabalho minucioso de demora e método, esta por onde Chantal constitui a poesia que imagina como vinco, sulco, saliência, salto, origem. Não é uma vida de retaguarda como a normal e naturalmente aparecida numa poesia de fundo raso, molinha, cheia de truques, idas a cafés, passeios, encontros de disse me disse ou quem diz primeiro para ir à feira literária mais festiva, mas trata-se de uma poeta — quando esta palavra ainda é a recuperação do sentido de quem avança à frente —, que se lança às linhas onde elas começam, quando há uma solidão perigosa e quando a ideia de independência é política. É a violência sacrílega e iconoclasta que sustenta o limite dos poemas de Chantal, desde o primeiro poema do livro, *Anamnese*, com 10 fragmentos, que refaz o ímpeto profanatório de Abrãao: matar Isaque; até o último poema do livro, *Sazão*, uma espiada na passagem do tempo em suas delicadezas, que nos lança diante da imagem que nos devolve a todo o livro: "Quase uma história."

O livro tem 5 partes [*Autofágicas, Extremo ríspido, Ode à mãe, Outra língua entre os dentes* e *Sazão*] que se amalgamam num jogo de síncopes do corpo, ou de corpos, que se engendram entre figuras conhecidas, como uma mãe e uma filha, um pai e uma guerra, uma placenta e um Anaximandro invisível, uma criança e o músculo do desejo, o fígado e o inferno etc. Mas é o vocabulário diferido e os modos de uso desse diferimento que nos impõem os poemas de Chantal sob uma perspectiva modulada, nunca linear, uma singularidade do que ainda é pensar: a poesia como um pensamento imprevisto, heterogêneo, contingente e sem centro. Poemas, por exemplo, como *Garota-bomba* ou *Outra Pietá*, de partes diferentes do livro, se desintegram ao roçar a fratura do que ainda é uma experiência: "Ninguém espera que uma menina ande por aí / com uma bomba embaixo do braço" e "Acabo de parir, mas quem sentiu as dores e convalesce (como quem se livra de uma doença) com minha filha no colo é ela." Quase em seguida, há no poema *Duas cidades*, um descompasso entre "teste" e "bombardeio" e, bem antes, há no poema *Recuo*, um desdobramento do termo "partout" e a aderência do corpo a uma segunda pele, a outra violência, a alguma esperança.

Esse é, um pouco, o pesa-nervos dos poemas de Chantal: dispor em xeque qualquer inocência e toda liberdade numa busca incansável para existir — como uma jovem estudante ou poeta — sem pedir licença a superiores e habitando apenas os telhados, se for o caso. **Para que os inocentes não tenham tempo** é um livro que faz lembrar que se ainda há uma tarefa política ao poema, ela é, no mínimo, uma luta contra a violência da afasia moralista dos dias, a da lei e, ao mesmo tempo, uma luta contra as novidades banais do mercado e o egocentrismo que buscam anular e negar toda estranheza à poesia.

Revista Revestrés, setembro, 2023.

Julia Raiz e Ricardo Corona tentam dançar com o palhaço e o matemático

"[...] que a banalidade que aparece hoje consensualmente como literatura não se arrogue em breve um direito de exclusividade."

[SILVINA RODRIGUES LOPES]

Ricardo Corona nasceu no Paraná, em Pato Branco, 1962. Julia Raiz nasceu em São Paulo, na capital do estado, 1991, vive em Curitiba. Ricardo também. Há uma distância de tempo e temperatura com o pensamento no traço do que ainda é escrever, inscrever, *ex*-crever, mover a mão ao contrário dela mesma. Lê-los assim seria apenas estabelecer uma trajetória de geração, "poetas hoje" ou como se o futuro ainda fosse amanhã e não tivesse sido antes de ontem. Ricardo Corona publicou uma série de livros diferidos para empenhar sua tarefa política, como poeta, do forte **Cinemaginário** [1999] até o híbrido **Tortografia** [2003, com Eliana Borges, companheira de aventura e projetos abertos] ou, ainda, as tangências de **Corpo sutil** [2005, que tem na capa o colo de Joana Corona, 1983-2014, poeta e artista visual sem tamanho] e **Curare** [2011] entre outros. Editou revistas como *Medusa* e *Oroboro*, também com Eliana, virando ao avesso os planos fechados da literatura e imaginando maneiras intensas de desmontar as ideias de centro, centralidade, dinheiro, controle, poder. Coordena, com ela, a editora *Medusa*, e tem feito um esforço maior que as pernas para mover uma circulação de livros mais arejados do que o que banalmente se vê país a fora, uma espécie de recuperação do sonho de liberdade e desejo de memória. Ricardo é jovem o tempo inteiro, carrega consigo o vezo da coragem.

Julia Raiz parece perseguir com agudeza e sentido o caráter do que Ángel Rama não conseguia ler, o caráter *de los jovenes*, e que segundo Raul Antelo são sempre sequestrados nas análises de Rama. Haveria nos jovens certa irreverência desbocada, ironia perversa, poesia em movimento sem eira nem beira e, muito, de como fazer-se um outro e como colocar-se à distância de si mesmo. Os jovens, amplia, despertariam paixões sem um mero mimetismo de linguagem, seriam atravessados pelo fortuito, pelo o que pode não ser, por indisciplina, antimodelos, disponibilidade ambivalente, forças de confrontação, inclusão excludente, baixo materialismo etc. O exemplo com o qual Raul opera, diante de Rama, é Glauber Rocha. Rama viu em 1971, ao lado de Antonio Candido, uma sessão de *Deus e o diabo na terra do sol*, na 5.a Mostra de Cinema Latino-Americana de Gênova. Estamos em outros tempos, outras circunstâncias, a mutação antropológica nos levou a um único motivo de vida: o consumo. Os "jovens" hoje estão, invariavelmente, envelhecidos, conservadores, preguiçosos, mímicos. Assim, imaginar que o trabalho de Julia se aproxima, mínima e minimamente, daquele caráter de juventude que Glauber movia, se talvez mesmo que só como referência, já é distinguir uma operação também mais arejada do que o que se vê país afora e, assim, alguma tentativa de recuperação do sonho de liberdade e desejo de memória. É tradutora, faz o *podcast* **Raiz lendo coisas**, publicou **Diário: a mulher e o cavalo** [2017 / 2023] e as plaquetes **p/vc** [2019] e **cidade menor** [2020].

Importante lembrar que em 1927 quando Walter Benjamin, sempre jovem, lê **O circo**, livro de Ramón Gomez de La Serna, publicado 10 anos antes, está exatamente lançando-se à tentativa de recuperação do sonho de liberdade e como isso ainda pode contra a aridez capitalista reificada e reificadora que arremessa tudo para a banalidade. É a imagem de Ramón Gomez gritando no alto de um trapézio em Milão que o fascina, e anota: "a verdadeira liberdade dos povos seria antes de mais nada conquistada em um circo. [...] há apenas duas profissões que naturalmente sejam fiadoras da liberdade, e nenhuma das que se possa geralmente pensar: [...] os *matemáticos* e os *palhaços*: o mestre do pensamento abstrato e o mestre da natureza abstrata. A liberdade garantida por suas assinaturas é a única na qual eu confiaria."

Benjamin percebe que a figura do poeta, comercializada e comercializadora, foi completamente engolida pela terra árida do capital. O poeta não passa de "um pobre diabo consumidor", ou seja, o poeta já era. E aí, projeta um ponto de insurgência: enfrentar a mercadoria banal que aparece como literatura com um levante da própria mercadoria contra si mesma e, ao mesmo tempo, mover algo entre imaginação, violação subterrânea e oscilante, encantamento e experiência mágica, escavar, recordar, trabalhos no subsolo, "Anaquivitzli = Ana = àvά; vi = vie; witz = igreja mexicana" e "não se caber de alegria" ou ainda "acordar a rir". Mas, por todos os lados, o que se vê é uma penca exclusivista da ideia única — monocultura, ou seja, grana — para o poema, para a poesia, para a literatura em direção ao centro tal como ele é, preenchido e conformado. Cumpre-se, assim, muito mais um *dever de memória*, que é o de seguir à risca o que se toma como "os ritos do mercado literário", do que a aposta arriscada, disponível e de esvaziamento para um *desejo de memória*.

Não à toa, por exemplo, muito recentemente, a feira literária de Itabira foi patrocinada pela Vale, a mesma que em 05/11/2018 explodiu com seu rejeito a barragem de Fundão, junto com mais outras duas empresas, Samarco e BHP Billiton, em Bento Rodrigues, distrito de Mariana, Minas Gerais. Não demorou e em 2019 uma nova barragem da Vale se rompe, em Brumadinho. O violento e irresponsável modelo de mineração adotado no Brasil patrocina uma feira literária na cidade onde nasceu Drummond que, sabemos, negou feito um Quéfas elegante, por 3 vezes, sentar numa cadeira da ABL para encher o próprio saco; além de, muitas vezes, nos anos 1960 e 1970, com a força de um jovem perene e revolto, melancólico e vertical, denunciar em poemas e crônicas o que acontecia em Itabira por causa da mineração: "O Rio? É doce. / A Vale? Amarga. / Ai, antes fosse / Mais leve a carga. // [...] // Quantas toneladas exportamos / De ferro? / Quantas lágrimas disfarçamos / Sem berro?" e "Sempre se chamou a indústria da mineração de *indústria ladra* porque ela tira e não põe, abre cavernas e não deixa raízes, devasta e emigra para outro ponto." E pasme-se, se for o caso, o garoto propaganda da feira e da Vale foi o mais novo e controverso assentado numa cadeira dessas. E aí Silvina Rodrigues Lopes é precisa: "Quando um escritor aceita o lugar de símbolo, dispondo-se a ser homenageado pelo poder político, aceita uma forma de cooperação com o inimigo, colocando-se a si próprio contra a obra que escreveu, se ela existir."

Na outra ponta do parafuso, entre morar o vazio e guardar o céu no bolso, estamos diante da moeda falsa que Ricardo Corona, numa ponta de abismo, e Julia Raiz, noutra ponta, numa *metaformose*, provocam como impasse diante disso. Numa trajetória de dançarino sutil, Ricardo volta o corpo para uma dança com o horizonte da Terra, tanto como precipício matemático, a linha inventada para dominação, quanto como perspectiva de aventura para nada, a linha percebida e absurdamente reinventada pelo palhaço. Os livros **morada do vazio**, de tankas, e **nuvens de bolso**, haikus, que vêm numa caixinha delicada [Editora Iluminuras], são mínimos movimentos que podem ser lidos como um contraponto à figura envelhecida e pouco insolente do poeta. Responder a isso é deixar ativas as perguntas essenciais, nada de pactos ensimesmados ou fechados com o que ou quem não sabe pensar nem se tensiona ao pensamento, é tocar o poema com as linhas da espiral. Os prefácios dos livros trazem um incisivo trajeto conceitual das formas japonesas e, ao mesmo tempo, do percurso de incorporação ao seu trabalho, desde os tankas d'**O pequeno tratado de brinquedos**, do genial Wilson Bueno, até as diabruras de Paulo Leminski com o haiku, sem forçar a barra de uma tradição que não há, mas que em

Curitiba, ao contrário do que se imagina, floresce. Coisas como "dia de sorte / morri o dia inteiro / sem pensar em morte" ou "alongamento / estique o ciático / até soltar pum!" que apresentam impasses de riso e flor do mal, até coisas como "fora de nós / nasce o mundo / ao ar livre" ou "outono indo embora / formigas em fila levam / as folhas que ficaram" que, de outro modo, tocam a vertigem da natureza larval que ainda não apreendemos, nem somos.

O empenho de Julia é com uma prosa de leitora de vida e mundo e de construtora de uma biblioteca no corpo, ao mesmo tempo íntima e *extima*, um solavanco à figura de Ovídio, o romano, colecionador de imagens eróticas que gostava de falar apenas de si mesmo, no encantador **As metamorfoses do Sr. Ovídio** [Editora Arte & Letra]. Há na personagem desenhada, como uma garatuja, por Julia, uma válvula de bomba, "amar as coisas pequenas" e "as escalas erradas". Depois, morador do Nordeste brasileiro, casa alugada, sem neve, com perucas, estômago sensível, louca do jardim, esgoto a céu aberto. É um inseto, luta para invadir-se como ser humano, viaja no espaço, no tempo, no corpo, exila-se, é gado, chamou-se Silano, amante de Julia, filha de Augusto, o imperador, o coração de Ovídio se engana, é procurado pela polícia, a polícia é todo mundo etc. As frases, períodos, parágrafos, fragmentos, capítulos imaginados por Julia para a personagem são, a cada sopapo, imagens impressionantes de força e expansão de sentido. Tudo é desmesura e descabimento, alucinação e *história mal contada* [outra vez Leminski, quando investe contra a prosa brasileira padronizada, completamente sem imaginação e fixada ao mercado com realismo precário]: "Os olhos melados do Sr. Ovídio, que como os olhos da abelha são oblíquos, são as únicas coisas que descreveram como gentis" e "É uma religião do mal: duas libélulas fazendo amor enquanto voam, duas libélulas grudadas enquanto ainda no ar".

O impacto desses dois imensos esforços, *de los jovenes*, os dois novos livros de Ricardo Corona e o livro de Julia Raiz, está no gesto impossível de tentar dançar não mais como poetas, nem com os poetas, mas com o palhaço e o matemático, pensamento radical e natureza vã, a abstração levada ao limite da existência. E isso, principalmente, sem perder de vista que no cálculo estrutural "esforço é um estágio da experimentação em que o corpo se deformando começa a deformar, por sua vez, o corpo deformador", ou seja, uma metamorfose, morada vazia da forma, nuvem de bolso, moedas falsas, literatura como imaginação rara contra a vida construída a mísero pó de ferro.

Revista Revestrés, novembro, 2023.

Joana Corona, Mariana Medina e Fábio Freitas / Sidnei Cruz: vento, ventania e o cão

"É chegado o fim de tudo
E o mundo pode acabar"

[BELCHIOR]

Há um extermínio do viveiro de pobres que vive em Gaza gerado pelo regime de *apartheid* do estado de Israel. Há, nesse momento, em todo o mundo, quase 30 conflitos armados entre nações defendendo suas linhas de controle, as fronteiras; a maioria de pobres vai morrer nesses conflitos, os mais ricos vendem as armas. Estamos, todos, ao mesmo tempo, sofrendo o horror dos efeitos produzidos pelo caráter indômito e dromológico do capitalismo no planeta: a maioria, também um viveiro de pobres, vai sufocar de calor, sede, desidratação, falta de ar. *Weltschmerz*, ou seja, desolação e desamparo, morte rápida, esse é o resultado da guerra civil mundial e da normalização do terrorismo privado, pode-se ler tanto em Didier Vincent ou Peter Sloterdijk quanto em Paul Virilio. O filósofo bávaro, por exemplo, lembra que nos sobra um bafio, uma ausência de renovação do ar, são os que podem pagar que mantêm uma "climatologia especial" e, assim, num revés, "manipulam o ar respirável e deixam aos pobres apenas a sua dimensão mais destrutiva." E Virilio, noutro exemplo, diz que o capitalismo impõe "tomar tudo de assalto", o dinheiro é uma *dromomania*, o movimento deixa de ser uma revolução: o movimento agora é a velocidade como política de estado, controlar tudo com o imperativo da falcatrua da lei.

Na outra ponta da vida, 60 pessoas controlam todo o dinheiro do mundo; 4 ou 5 corporações toda a comida; 5 países têm poder de veto na ONU, que é, cada vez mais um espaço conformado e conformador, esses mesmos 5 enriquecem muito imediatamente e sem parar; há uma família ou duas que enricam de modo absurdo no Brasil à custa da extração de nióbio da floresta amazônica, em 10 anos foram 30 bilhões de reais; no dia 19/11 Javier Milei, figura da extrema direita alucinatória que avança por todos os lados, tornou-se presidente da Argentina; há uma feira literária sobre pedraria escrava no litoral carioca, o sistema de escravidão e subserviência é circular, a patrocinadora oficial da feira é a VALE, que pratica uma mineração violenta e irresponsável, mesmo depois de Fundão e Brumadinho, do outro lado, como sempre, um banco, e o viveiro de pobres continua morrendo sob o rejeito, pouquíssimas pessoas se movem para dizer não, é o pacto. Um famoso escritor brasileiro diz que só há paz na lei e na justiça, esqueceu de Franz Kafka ou não viu ou não leu, quando este diz, lendo Anaximandro, que diante da lei não há justiça nem muito menos paz. Para que algo exista — dizia o filósofo de Mileto, simpático a um partido de trabalhadores —, algo tem que deixar de existir, daí que o *ser* já é, como tal, uma injustiça; e Kafka, lentamente, inverteu o lance de dados que jamais abolirá um lance de dados: Alonso, o quixote, não passa de um demônio de Sancho, o pança. Há um pacto imposto de mudez e compadrio, Pasolini disse — porque sabia que sua participação como intelectual era pública, nunca íntima ou familiar, aprendera com Gramsci — que este pacto de pafúncios é, no mínimo, cretino.

Numa anterioridade ao pacto, há **Crostácea**, livro de Joana Corona [1982-2014], publicado em 2011, editora Medusa. A vida brevíssima não impediu Joana, que expandia seu pensamento entre o poema, as artes visuais [os objetos do livro e da leitura] e seus estudos de antropologia cultural, uma etnografia urbana da língua impossível das putas e dos que habitam as ruas, de traçar uma oscilação diferida ao seu trabalho. Diga-se aí, assim, vagarosamente, do convívio com Ricardo Corona, poeta de guerrilha, e Eliana Borges, artista impensada, tios, ou com Davi Pessoa, professor e tradutor, um pensador da política e seus desvãos às coisas do porão. Se pouco se vê e se lê, o que para Giordano Bruno eram um mesmo gesto, da poesia de João Cabral de Melo Neto hoje ao nosso redor mesmo se como mero resíduo, praticamente anulada, porque escrita, como ele apontava, não por "uma necessidade de expressão, mas por escassez de ser" —, os textos de Joana refazem a pedra do poeta de Recife como musgo e coral num mar de plástico. Ao lado, há o pouco que vem, lição da pedra, e que está na poesia de Carlito Azevedo, que reelabora a pedra em conversa direta com o que João Cabral lia, reparava, tocava, Midas ao contrário, todo ouro vira pó e força de sentido; na poesia de Júlia Studart, como um arremesso da pedra até a cabeça de quem passa, uma Krazy Kat de depois de amanhã, acrobacia, cicatriz e jogo; na poesia de Eduardo Sterzi, pedra torta, pedra de fogo, lava em *chiaro-oscuro*, desmembrada, mal amada, imposição do apagamento da paisagem e anotação de risco e perigo, pedra de raspar o pé; e repare-se, escrevem pouco, publicam menos ainda.

Em poemas como *contracarne*, Joana imprime que "somos o que retemos e o nosso desperdício mútuo", ou em *viento*, uma pequena vida entre línguas, quando escreve que há "*un sonido perdido en el hueco del desierto.* quase devorado pelo silêncio. choca-se em: *cordillera de la sal,* mineral, esqueleto de anfíbio, concha, areia e outros resquícios marítimos. penetra a vasta sequidão, ensolarada e quente. estrelada e gelada. em seus bailes frequentes — deserto solitário. agigantado e solene. *hace que el sonido explote sutil y agudo, imperceptible.*", está sugerido o movimento que ainda é próximo da entranha e da dança, que ainda é revolução, ou seja, antes da linguagem meramente burocrática e de fragilidade pessoal, familiar, vidinha íntima. O que se tem é uma espécie de reparação ou compensação da música vagarosa contra a velocidade da ilusão do tempo, o trabalho de Joana é um vento que sangra, do poema ao livro, do livro ao objeto exposto que a leitura é. **Crostácea** segue sem fluxo algum, bastariam trechos de poemas como *calcário,* "da epiderme pálido-dourada ressequida impregnada"; *disfagia*, "cabeça dentro de cabeça"; ou *migalhas*, "como cavoucasse pedra, batia cabeça [dura] por palavra bruta", para que se perceba que os começos de enfrentamento do trabalho de Joana não são meras impressões de uma vida própria, mas de um vento contínuo, inteiramente *extimo* e, sem medida, tudo que se desenha na força espiralada de um "pequeno fracasso".

Entre vento e ventania, importante demais, também, tocar o trabalho de Mariana Medina, uma artista de circo, professora de acrobacias de circo com pano e lira, trapézio e corda, movimentos de chão e os descompassos do corpo como brincadeira, brincar, presença das delicadezas de criança que, por sua vez, atravessam a história, tanto a que se faz, quanto, principalmente, a que se sofre. Mariana dirige o *Grupo Devoar*, e seu último espetáculo entre coreografia e direção realizado e apresentado em temporadas curtinhas no Rio de Janeiro agora em 2023, **Vestidas de vento**, nos teatros Nelson Rodrigues, da Caixa Cultural e, depois, no Dulcina — espaço cultural da Fundação Nacional de Artes — Funarte, através do Programa de Fomento Carioca, FOCA, é simplesmente encantador. Cinco artistas de circo, bailarinas, acrobatas [*akrobatoi*] — Amanda Pontes, Ana Cecília Menescal, Julia Sève, Lua Couto e Maju Houri — se revezam entre os emaranhados de suspensão e sustentação dos corpos uma de cada outra e, entre risco e queda, equilíbrio e muita força, numa tentativa sutil de raspar as ideias do mundo em crise, do feminino e de uma reinvenção da Terra. Importante, e isso está entre os princípios de formação de Mariana, do teatro ao circo, da geografia à psicologia, o quanto o cenário de pouca luz, vestidos leves e quase brancos [eis uma figuração do vento] e muitas folhas secas e soltas pelo chão desenham a raspa da Terra atravessada pelo rocio dos braços, das mãos, das pernas, dos pés, dos cabelos e dos olhos das personagens que cada bailarina é; mas, repare-se, só se em conjunto, unidas, juntas, composição e comunidade contingente.

E isso é o encanto imaginativo desse trabalho de Mariana Medina, tanto que é muito possível lembrar do poema-fragmento de Alejandra

Pizarnik, de 1962, "un vento débil / lleno de rostros doblados / que recorto en formas de objetos que amar", porque é nesse empenho que se apresenta no contradito do choque dos apertos de mão e da dobra dos rostos, quase sempre impassíveis mas marcados por esforço, que comparece o desejo daquilo que ainda é leveza diante do corpo, este peso, movido a sangue, carne, pele, ferida, cicatriz, veste e nudez, um móbile informe entre a gravidade e a graça numa imaginação de esvaziamento: vestir-se de vento, vestir-se com o vento, vestir-se vento. O que Simone Weil já implicara, como uma dimensão do político, ao dizer que "o trabalho contínuo da imaginação é provocar fissuras por onde a graça possa passar", "a imaginação não preenche vazios", "toda arte só é se coletiva" etc. E é muito isso porque o trabalho de Mariana é da dimensão do político, é telúrico, são mulheres quem vêm trançadas em espiral, a linha infinita, sem começo nem fim, que também veem e se lançam ao vazio do vazio para esvaziar, com a radicalidade de seus corpos, a desmedida assoladora do capital que é, histórica e imperativamente um círculo de homens, masculina e branca, e que reduz a vida à eficácia. Re-habitar a Terra, recompor a Terra é, no mínimo, como um sentido de memória, reinventar o mundo, este único que criamos para alguma possibilidade de existência.

E é tal como um apagamento de toda e qualquer ideia de círculo, circularidade, o que leva a estados de violência e poder, que o aperto de mãos entre Fábio Freitas, ator e dramaturgo, e Sidnei Cruz, dramaturgo, poeta e diretor de teatro, projeta a peça **Cão chupando manga**, uma deseducação. E aí, procedimento expandido, a luz de Guiga Ensa, a trilha sonora de Ivam Cruz e a direção de movimentos do ator de Maria Angélica Gomes. Um texto errante permeado por objetos de cena criados por Fábio com tampinhas de garrafa de cerveja, saias e sandálias altas, máscaras e pulseiras de pulso e tornozelo, artefatos de ferrugem e chão vermelho. Em princípio é o teatro do mundo, esta falência, a vida que gorou. Ator e público descentrados em uma mesma altura, nenhuma hierarquia. Há um homem, vive num apartamento vizinho de um quintal com mangueira, no quintal há um cão que late sem parar, o homem não consegue dormir, não dorme, torna-se uma besta, deseja matar o cão, precisa dormir. Dança em giro, se move anódino, se diz sem dizer, baba, para frente a alguém, fala baixo, grita, estabelece convites, quer chupar o dedo do pé de alguém, chupa, esboça cagar na frente de todos, despe-se, posiciona-se, concentra-se, quase caga, chupa uma manga completa e visceralmente e avisa que está-se num lugar real.

A revirada da peça é a confirmação de que, entre nós, humanos e humanos, até porque muito distantes de toda animalidade, nosso *res a missa*, não há reconciliação, nem muito menos um ombro a ombro, caminhar, caminhar mais, num projeto insubmisso contra a domesticação movida pela banalidade da palavra de ordem, da frase feita, da vida lançada ao domínio e ao controle mímico do capital. O ponto insurgente é o como e quando, pergunta e temporalidade, Fábio Freitas se modula ao cenário vermelho, por exemplo, quando bebe água em pequenas garrafas térmicas também vermelhas dispostas ao alcance da mão e, sem parar, numa língua selvagem, abissal, desordenada, caótica, vocifera a morte do cão, da vizinha, do vizinho, da árvore, em busca de ar e com sede. O que alonga o ponto é, ainda, o que pode advir num próximo pensamento, se o mistério ou se o inacessível, estamos definitivamente, diante daquele homem incomum, pasmos e no preenchimento da vida com deuses, mitos, deus, simbologias divinas e sagradas, mas nada nos há como salvação. Assim, é também muito do que faz e imagina fazer Sidnei Cruz: a liberdade sem medo contra a normatividade do normal. Três trabalhos e tão pouca gente para nos lembrar que o que nos sugere a delicadeza da fúria e de nossa capacidade, cada vez menor, para dizer não, é a dilação figurante, exposta, vagabunda e flutuante, daquilo que somos: um animal que ri.

Revista Revestrés, novembro, 2023.

Nina Zur e Casé Lontra Marques: o corte, o medo, a imaginação e o demônio do real

"Remoto respiro esala in cielo"

[**PIER PAOLO PASOLINI**]

Um dos ensaios mais bonitos e propositivos de Giorgio Agamben é o que encerra o seu volume **Profanações**: *Os seis minutos mais belos da história do cinema.* Nele, Agamben retoma a pequena narrativa de Franz Kafka, *Sancho Pança,* sem indicá-la ou citá-la, quando Pança nos avisa que o Quixote é apenas um demônio de sua imaginação. O ensaio começa com a chegada de Pança a um cinema de uma pequena cidade do interior à procura de Dom Quixote que está sentado num canto, isolado, olhar grudado na tela. Sancho tem má vontade, senta ao lado de uma menina, pode ser Dulcineia, ela lhe oferece um picolé. No filme, cavaleiros armados, uma mulher em perigo, Dom Quixote se ergue, espada em punho, rasga a tela inteira. O corte engole as imagens, o público abandona a sala, as crianças encorajam fanaticamente Dom Quixote, a menina o fixa com reprovação. A pergunta final é: "o que podemos fazer com a imaginação?" Uma pequena conclusão é ou seria: sem imaginação "nada pode nos amar".

Agamben defende a ideia de Walter Benjamin, também leitor de Kafka, de que há uma ética da imaginação que nos olha e se dá na escuta, com a escuta, e que essa ética é uma doutrina da felicidade, logo, demoníaca. Há um princípio da redenção que está em xeque aí, que vem, por sua vez, da poesia de Charles Baudelaire, da circunstância com a experiência do corpo lançado a rua e à guerra que vem dos dias. Logo, levar Baudelaire ao céu carregado por anjos com garras e asas afiadas é, no mínimo, uma ironia luciferina do pensador alemão — a de que o demônio, assim como qualquer deus ou quaisquer deuses são apenas meras invenções de nossa imaginação medrosa. A figuração do Amor nos dramas trágicos, por exemplo, anota Benjamin, é "como um demônio de lascívia com asas de morcego e garras". É a dádiva, como um *ethos*, que nos apresentaria a possibilidade da felicidade e, como tal, há um jogo proposto por Benjamin que nessa leitura do anjo demoníaco, compõe um híbrido entre o monstro e a vertigem que, de todos os modos, é o contágio visceral das cosmologias antigas entre o masculino e o feminino: *Agesilaus Santander*, dádiva e dívida, juízo e benção, o eterno presente e a felicidade etc.

Ora, perseguindo esses "6 minutos" da história do cinema não como filme, mas sim como κίνημα, que inclui a sala de cinema, como nos lembra Herberto Helder, ou seja, experiência e circunstância do corpo no mundo e com a vida em risco, torna-se quase primário perceber que o real só é quando construído, incessante e contingente porque todos os dias imaginado, ou seja, a história entre os que a fazem e os que a sofrem. Agora, repare-se: **A chance do corte** [2018, Cozinha Experimental] e **O corpo informa** [2021, 7Letras] são os dois livros de poemas de Nina Zur. **O som das coisas se descolando** [2017, Aves de água] e **Desde o medo já é tarde** [2018, 7Letras] são os dois últimos livros de poemas de Casé Lontra Marques.

Nina estuda e pesquisa teoria e filosofia do direito, na UERJ, um giro em torno da violência letal do estado do Rio de Janeiro, onde nasceu, contra meninos de comunidades que são executados sumariamente e o que isso provoca como movimento político entre mães e familiares em direção a um falseado sistema de justiça. Casé é servidor público do estado do Espírito Santo, tem formação em

Letras, esticou formalmente os estudos até o mestrado, na UFES, nasceu em Volta Redonda, perto do aço, hoje vive em Vitória. Publicou alguns livros, como o raríssimo e forte **A densidade do céu contra a demolição** [Confraria do Vento, 2009] e está, há um tempo, defendendo uma ideia de que o poema ainda pode ser uma "cólera, roendo / as ferragens / encontradas no leito de uma nova luta".

O mais bonito, como ética — de um modo mais perto da coragem e da fome extrema que são, ao mesmo tempo próprias e inespecíficas do feminino, no trabalho de Nina Zur, e de alguma maneira mais vinculada ao usos do que na linguagem é, ao mesmo tempo, a música da espiral e o que nos ameaça com terror no trabalho esmerado e doce de Casé Lontra —, é a expansão propositiva de que entre o poema e a figura da pessoa que o escreve há ou haveria uma exigência e uma intervenção na vida, com a vida, no mundo, com o mundo, para o mundo. Tanto os poemas de Nina quanto os de Casé têm a ver com a dilação do não-aparentado e com a percepção daquilo que Carlo Ginzburg articula aos dias de agora como o único real possível: o fato de que "vivemos num mundo em que os Estados ameaçam com o terror, exercitam-no e às vezes o sofrem. É o mundo dos que se apoderam das armas, veneráveis e potentes, da religião, e de quem empunha a religião como arma. [...] É o mundo semelhante ao pensado e investigado por Hobbes." O que se tem aí é um Leviatã, tal como a deriva imaginada [repare-se, sempre imaginada], por Herman Melville ou Assis Brasil. O lance é: estamos diante de um pacto que transforma uma multidão amorfa, plena de indivíduos egocentrados e dominados pelo dinheiro, num frágil e disfarçado corpo político; e de que o Estado surge de um pacto nascido do medo.

Nina escreve com força contra esse demônio do real, porque parece saber que se há um ponto de insurgência para o impossível ainda é a imaginação que, se por um lado, o inventa, por outro lado, também, pode ou poderia reinventá-lo. Benjamin chamou a isso de "caráter destrutivo": "como destruir a destruição". Se a linguagem é uma armadilha laceradora que, por causa do medo que somos, constrói deus, diabo, deuses, demônios, entidades, ladainhas de salvação, redenção e futuro, vidas depois da morte, Nina inscreve um sulco às avessas sobre a terra: "botar o coração fora do corpo / (não há reconciliação possível / entre nós)", "[ah, puta solidão nossa / agarrada como o bafo do álcool / como o cheiro da merda]", "uma mulher que rasteja engole / a cabeça entre os pés / uma cobra que não sabe o que é / não sabe / [...] / uma cobra uma acrobata", "talvez seja melhor trepar sem falar / de amor / sem contar os meses / e a apelação interposta / será / uma página em branco" e, principalmente, "o feminino eu não / o feminino no meu corpo não / o feminino e / agora talvez então / passem vigias a fome mas / nada caiba tudo passe" ou "uma mulher sobre o bueiro" e "frear o trem com o meu próprio corpo / ser o trem / o vão entre o trem e a plataforma / ser a plataforma / levantar ilesa". Isso tudo é corte e corpo, "faca só lâmina" e milagre, a poesia de Nina toca o espaço primitivo, uma espécie de mundo pré-linguagem, uma festa que é dança, entranha, acidente, deserto: "o milagre é o corpo / é estar vivo ainda / é sentir tesão nesse / deserto."

O que advém da poesia de Nina Zur até a de Casé Lontra, como uma renga, se demora nas imagens que, agora, ele inscreve: a da "ferida viva" e de que a "palavra é parte / do que um corpo será". O jogo de Casé tem a ver com os conceitos-limite: *medo* e *som*. O som das coisas, o medo de tudo. Uma característica de princípio sem nenhuma lei de identidade porque apresenta o gesto do quanto um poema é inepto, não se vale a nada e, a cada segundo de uma vida circular, serve-se apenas como eficácia e método de exposição. O contraponto é a vida, a última unidade do medo; tanto que nos poemas que escreve a imaginação interroga exatamente os processos laudatórios que ainda se lista como criação lírica, visão de mundo do autor, esferologia particular. Sobra, ao contrário, a cada linha, a tarefa política de que a condição do poema não é nem forma, nem matéria, mas uma singularidade vazia. A cada página um pequeno fragmento, bolinha de chumbo, ao mesmo tempo fechado e com peso, gravidade e graça, coisas como "o medo segura suas fissuras", "Enquanto ainda respiram / — isto é — enquanto / incessantemente ressuscitam, / as ondas debaixo / da pele dissolvem não poucos / nem parcos / limites", "a fome / — não só aqui — / é farta / (e apenas / aumenta).", "pequenos cortes / por toda a boca", "luta premente, porém lenta: / sobreviver / fora da subserviência", "chega a enchente / vestindo a voz / com êxodos / mais exigentes" e "palavras passam com o corpo".

É Escoto Erígena, século 9, quem desenha a questão: "Com efeito, onde está a vida quando o corpo se dissolve senão naquele próprio corpo dissolvido?" Depois, tenta voltar ao ponto da questão ao dizer que qualquer espécie que adere a um corpo é viva, que toda criatura é por si mesma vida ou participa da vida e é, de algum modo, viva". Daí que, esticando o apontamento, pode fácil nos levar de volta à poesia de Nina Zur, de uma maneira, ou de Casé Lontra Marques, de outra, quando afirma que "a própria dissolução, que chamamos morte do corpo, é assim para nossos sentidos e para a matéria, mas não para a própria natureza, que permanece inseparável em si e é sempre inteira no mesmo instante, e não se divide segundo os tempos e os espaços."

Muito da poesia brasileira apenas partilha sensibilidades familiares psicoanalíticas e passa ao largo da dimensão do interdito, esta emergência, que uma partilha da terra e do incomum exige, isto é que é a política, o político. Se expõe sem resto, é redonda e total, autofágica e imediata, civilizada e civilizatória, mercadoria sem graça. Não sabe a boca, não sabe a areia selvagem, não sabe a água ausente da boca, gosta de berço esplêndido e mesa farta, por isso mora praticamente apenas diante do possível. Daí que Torquato Neto, o dissoluto, que achava Godard o melhor dos poetas, dissesse que se um homem e um boi num matadouro, o que gritar é o homem, mesmo que seja o boi. Torquato imaginava o impossível. Mas há sempre uma agenda marcada, escreva-se sobre isso ou aquilo e a exposição do possível está pronta; nada mais conservador e reacionário. Por isso, contra a circularidade do medo, a linha espiralada da imaginação revolta para o impossível: algo do álcool que berra da poesia de Nina que, por exemplo, respira a leitura dos cortes do Sermão de nossa senhora do Ó, Padre Vieira; ou do nervo retesado da poesia de Casé que, noutro sentido, sufoca o corpo em "alta carga virótica". É o levante revoltoso de desejar o desejo que revira o poema contra o delírio do real, este demônio que não cessa de acontecer: "abrir garrafas de vinho com os dentes", "uma vontade bestial de desistir", "danço uma dança coletiva", "Ceder, não cedo", "Nada que respira perdura em paz", "Um gozo tem muitos gumes".

Revista Revestrés, dezembro, 2023.

Marcia Tiburi: as metamorfoses de Helena num *ser-apetrecho-mulher-político-que-vem*

"Aprendi a viver no exato momento em que eles morriam."

[DACIA MARAINI]

Há uma perspectiva rara, raríssima, entre os livros de ficção e de poemas que brotam sem parar no Brasil, quase todos muito frágeis, muito ruins, sem risco, abobalhados: a de uma esferologia mais densa entre o que é escrever e quando escrever é um pensamento com a política para tocar, com força, a causa do outro. Algo que, como o vazio e o nada que é, a literatura e suas impotências, possa expandir-se para além do egoísmo e da cegueira que rege o mundo com sua aparelhagem burocrática fascista para o ordenamento jurídico dos Estados-nação: a fronteira, o território, o direito, o cidadão, o povo, a soberania, o sagrado como um voto à morte, a vida que pertence a Deus [*zoé*], a vida política [*bios*], o asilo, o exílio, a crise da indistinção entre *citizen* e *denizen*, o refúgio do indivíduo singular que cada ser propriamente é etc.

Mas quando essa perspectiva se abre, como saliência, salto e começo, junto se esgueira a alegria da leitura. Jorge Luís Borges anotava: *ler é uma questão de escala*. Não há passe de mágica, sobra a miniatura do mundo e suas pequenas coisas. E se escrever é, muito mais, "botar a boca no mundo", como sugeria Torquato Neto, é também fazer do corpo um alvo fácil porque não se abre mão de dizer tudo, de aborrecer, de enfadar, de enfastiar, de fazer de cada palavra um perigo, quando a literatura ainda sonha, ainda é capaz de sonhar, ainda é capaz de mover-se à beira de abismos. Nessa brecha para o impossível, o novo livro de Marcia Tiburi — filósofa, feminista, ativista de causas impertinentes ao mundo masculino branco estruturado e violento, escritora, artista visual, **Com os sapatos aniquilados, Helena avança na neve** [Editora Nós, 2023] é uma espécie de elemento abiótico nesse descompassado "mapa" [este regime de controle e poder] da atual literatura brasileira tão estereotipada em seus modelos circulares de rodopio das mesmices.

Há algo encantado no livro de Marcia que é o entendimento visceral do quanto recuperar e recompor uma história das mulheres é, no mínimo, devolvê-las ao abrigo de pertencer à terra. E aí, não apenas como herança, mas principalmente como legado. Helena, a personagem que dá nome ao livro, mas que está longe de ser uma protagonista, porque se amalgama a todas as outras, como Chloé ou Catarina, Gertrude ou Alice, Valéria ou Olívia, Bárbara ou a outra Helena, todas impostas ao mundo em meio ao jogo do quanto "a vida é uma alucinação", "um inventário da violência comum que sofrem meninas e mulheres por todos os lados porque o mundo é dos homens", "o medo faz parte da vida de todas as mulheres", "porcos são melhores que homens", "há um universo paralelo no qual as pessoas acreditam em Deus acima de tudo" e, no talo do impensado e com força na figura quase jagunçal de Helena, nem Riobaldo nem Reinaldo Diadorim, nem amazona nem destemida, nem neutra nem quixotesca, nem calcanhar de Aquiles nem Hamlet, nem Manon Lescault nem Emma Bovary, nem Oblómov nem Erica nem Adolfo nem Ahab, nem o anjo Malaquias de Mário Quintana nem o anjo galináceo de Paul Klee tão caro a Walter Benjamin, "é o corpo do ódio que ela aprenderá a reconhecer ao longo da vida". A Helena de Marcia Tiburi, longe de ser também a grega feliz, é um contágio de todas essas personagens e, ao mesmo tempo, um apagamento de todas elas, porque habita a dimensão microscópica da dor em sua existência sub-divina e supra-humana. Nem deus nem o diabo, nem mistério nem milagre, nem infinito nem nome etc.

O livro se desenha num vai e vem das temporalidades com o espaço, este é o ponto de insurgência desse texto tão vertiginoso e inventivo. Marcia é uma escritora de habilidade incomum com o espaço, não apenas o da literatura, mas também com a anulação do mapa a partir do ritmo e do empenho das frases, do enredo mirabolante, uma espécie de cinema impuro que, no percurso da narrativa, desfaz as linhas da viagem contornando os corpos dessas mulheres em busca de uma vida comum e a rama de homens mortos deixados pelo caminho: Helena mata. Entre o interior do sul do Brasil e o deslocamento pela estrada até Recife, em Pernambuco, atravessando o Rio de Janeiro, a serra das Araras, o Espírito Santo, a Bahia e o embarque de navio até Paris o corpo de Helena é uma modulação do inferno que faz desabar, por completo, o céu prestigioso e privilegiado dos homens. Uma mulher de corpo curvado, magra, quase invisível e aparentemente ciente de que sua solidão só não é penosa porque não está mais presa a uma identidade, mas é uma metamorfose infiltrada nos corpos de várias outras mulheres como se uma estranha transformação que só se torna movente, logo política, por causa de uma dimensão amorosa entre todas elas. Helena está vestida com as armas e as roupas de Joana, a criminosa e camponesa francesa morta pela inquisição, na fogueira, aos 19 anos, em 1431. E calça sapatos ordinários, aniquilados, sapatos que acolhem aquela que se equilibra entre o ser e alguma verdade.

E reparem que bonito, como Marcia é uma escritora impressionante, porque este seu livro nos remete à 3 conferências de Heidegger pronunciadas em 1936 e que, publicadas anos depois, em 1950, são reorganizadas num texto só: **A origem da obra de arte**. O filósofo alemão está preocupado com uma ideia do conceito de "origem", quando uma coisa é o que é e como é, a essência da coisa. E isto, reaberto, nos lança também a ideia de salto, saliência, começo, começar. E todo começar, sabemos, é político. No inabitual, entre o estranho e o espanto, o que Marcia persegue em seu livro de força, as coisas reaparecem e se reconfiguram como um campo livre de movimento, ação e gesto, o informe e a potência, o ente e sua existência como apetrecho. Heidegger vai até uma pintura de Vincent Van Gogh, que pintara sem parar, obsessivamente, uma série de sapatos de camponesas e camponeses. Diz-nos que estes sapatos são, naquelas pinturas, um descolamento e uma suspensão, "que não há nada em que se integrem, a que possam pertencer, só um espaço indefinido. Nem sequer a eles estão presos torrões de terra, ou do caminho do campo, algo que pudesse denunciar a sua utilização. Um par de sapatos de camponês e nada mais. Porém..."

E é neste "porém" que COMEÇA a trajetória e a luta das personagens de Marcia com a vida e contra o mundo masculino e perverso e cretino dos homens, porque, aqui vem o lance de dados que jamais abolirá um lance de dados, Heidegger nos lembra que há algo na escura abertura do interior gasto dos sapatos que nos olha, e aí está e mora [e se demora] o cansaço dos passos dos e das que trabalham. Ali está e aparece o lento caminhar por cada sulco de terra, pelo campo, o vento agreste; é no apetrecho, o par de sapatos, que "está o apelo calado da terra", "o calado temor pela segurança do pão", "a silenciosa alegria de vencer uma vez mais a miséria, a angústia do nascimento iminente e o tremor diante da ameaça da morte". É o apetrecho que pertence à terra e o ser-apetrecho do apetrecho reside, diz ele, sem dúvida, na sua serventia. E afirma que "a camponesa, por meio desse apetrecho, confia no apelo calado da terra; e graças à solidez do apetrecho, está certa do seu mundo. Mundo e terra estão, para ela e para os que estão com ela, aí: no apetrecho." A terra, assim, é o que guarda, o que dá guarida ao que salta, ao que se salienta, o que alberga tudo o que se ergue como efeito de outras origens, um recomeçar que é, principalmente, um novo começar.

Se Heidegerr se implica ao dizer que, na pintura de Van Gogh, os sapatos camponeses se reconfiguram entre matéria e forma, numa origem mais funda, que esta origem é "um testemunho da essência original do ser-apetrecho", não seria sem fundamento imaginar que a Helena desenhada por Marcia Tiburi nesse seu livro, em suas *metamorfoses* e *metaformoses*, anjo infernal e heteronímia expandida e incorporada de mulheres, é o *ser-apetrecho*, um *ser-apetrecho-mulher-político-que-vem* tanto como ferramenta ou instrumento, mas também como munição, utensílio de guerra. Apetrecho é também, numa abertura do étimo, uma disposição, logo um caráter para tocar o que é a verdade e como ela pode acontecer.

A narradora de Marcia, a certa altura, tece a trama e inscreve a impressão severa daquela que dispõe seu corpo como um golpe decisivo: "Talvez ela devesse contar a essas mulheres, cujos olhos não provocam medo, que seu pai matou sua mãe, que ela foi deixada para trás pela polícia, que os policiais a levariam a um orfanato, mas decidiram atacá-la no meio da estrada e espancá-la, dizendo e fazendo coisas incompreensíveis e dolorosas, enchendo o seu corpo de medo e a sua alma de pavor. Ela poderia contar como aprendeu um dia a matar pássaros, preás e porcos, e como acabou por matar os dois policiais que a levaram para longe porque não via como escapar deles. Ela desenha as letras com a mão esquerda como se estivesse reaprendendo a escrever e medita sobre a necessidade de explicar tudo isso quando, no fundo, não há explicação possível." Nesse livro raro, raríssimo, Marcia Tiburi reverte com invenção e contraste o silêncio das línguas maternas em grito de coragem pela sobrevivência política das mulheres.

Revista Revestrés, janeiro, 2024.

Rhaina Ellery: o rancor e um enorme buquê de questões

"Viver... viver é assim, aturdir-se?
Aqui se batalha e aqui não se para."
[JOÃO ANTÔNIO]

Numa entrevista para Michal Ben-Naftali, 2004, Jacques Derrida, o africano, em torno de ideias e conceitos como *amor, lei, direito, justiça* etc., e impressionado com o tamanho da primeira pergunta, começa dizendo a seu amigo: "Trata-se de um enorme buquê de questões." É no impasse da individuação que, a partir da psicanálise, delibera um pensamento ao que imagina como *desconstrução* nas figuras de um *eu*, o *sujeito*, a *pessoa*, e comenta que somos vários, divisíveis. Argumenta que o que se aprende aí é que somos sempre já divisíveis, várias pessoas, imagens, *imago*. E, com força, nos lembra que não podemos ser o que se chama *um indivíduo*, exatamente porque este é o indivisível. Atesta que "Não somos indivisíveis" e que esse enunciado tem numerosas consequências: divididos, contraditórios, ainda mais se estamos no lugar de tantos e diferentes, se estamos dispostos ao lugar de UM OUTRO.

A modulação se constitui de um instante ao instante seguinte, desse modo impõe-se o juramento: se preciso jurar que amanhã ainda amarei alguém é porque é possível que isso mude; se não, nem precisaria jurar. Ora, o amor é ambivalente, só seria puro o amor de Deus, e isto não há, está à salvo somente no NOME, ou seja, naquilo que inventamos como proteção. Nos protegemos contra a divisibilidade para não virarmos pó. Apelamos para deus, deuses, elementos místicos, ao nome do pai, da mãe, ao nome próprio e, ainda, a uma suposta formação com história. Fernando Pessoa levou tudo isso a cabo, *apagar-se / diluir-se / desmanchar-se,* com mais de 100 heterônimos para desmontar qualquer sentido precário de um EU que não treme. Apresenta, em *desassossego,* a responsabilidade política de um pensamento que treme, porque o corpo e o solo tremem diante de uma tomada de posição a UM OUTRO, como UM OUTRO, entre silêncio e segredo, e isto porque é sempre o outro, o inacessível, quem dita a Lei.

Assim, nessa cosmogonia excessiva e tensa entre o que se engendra como um EU e um OUTRO, quando tudo aparece como descompasso e descontrole, contradição e, principalmente, divisibilidade, é que se pode tentar cumprir os jogos das mulheres que são personagens do primeiro e impressionante livro de Rhaina Ellery [Fortaleza, 1980], um romance: **Mas não guardo rancor** [Patuá, 2023]. Uma narradora que se dissolve nela mesma e, ao mesmo tempo, na mãe e em tantos nomes e corpos de outras mulheres: Carmem, Martina, Tonia, Dona Áurea, Olympia, Otto. Em princípio, o que se reinventa no texto de Rhaina é a retomada de algo que está na composição de uma comunidade de mulheres desabitadas, mas em luta, como aparece no genial **A rainha do ignoto**, 1889, escrito pela também cearense Emília Freitas. Livro esquecido, deixado de lado, porque é sempre mais fácil *manter* as coisas tal como estão, eis o sentido da catástrofe. Tiago Coutinho, professor na UFCA, em Juazeiro do Norte, nos lembra em sua tese de doutoramento [PPGMS, UNIRIO, 2019] que é Iracema, a vítima do estupro do colonizador português, quem de fato pode reescrever uma outra história de uma fundação cultural brasileira e, assim, de "nossa" literatura.

Porém, na outra ponta, a monocultura da mercadoria sugere um só padrão de literatura, a da impostura, que se desenha numa cartografia plana e sistêmica, ou seja, ordenação do mapa: um meta-modelo que tem apenas uma face e que se resume a mesura, controle e poder porque não admite alternativas. E, dessa maneira, se limita a tecer arengas sem nenhum jogo de laceração da linguagem, mera linha de montagem, praticamente reza vazia. É a ladainha do que agrada ou desagrada a um circuito sem vórtice, ou seja, sem margem para escapar de si mesma, sem utopia, sem forças renovadas. Salomé e seu capricho ao pedir a cabeça de Batista, aquele que dá nome às coisas, ou seja, o poeta, num prato. O corte da garganta é o corte da linguagem para sacrificar o corpo vivo e indicar que a Terra é apenas uma cabeça [sem corpo, logo sem desejo] lançada à tabula rasa da história.

Uma escritora como Rhaina Ellery é um furo nessa lengalenga; é uma interrupção, um abismo, um esgotamento. **Mas não guardo rancor** é intenso, denso, reflexivo, inespecífico, carne e sangue, e desfaz essa brisa morna e desenxabida que, numa linha de fuga saída de regiões mais pobres, como o Nordeste brasileiro, quase sempre se lança aos encantos dos centros econômicos do país satisfazendo todos os ritos lambe-botas que o Sudeste lhes imprime. Ao contrário, esse livro é uma ventania violenta, quente, apresenta a vida no que ela tem de mais forte, porque inconclusa, quando qualquer poder que a persegue se dilui, quando a vida ainda é uma existência. E é assim que a narradora começa com um cinema acefálico ou, no mínimo, de cabeça pra baixo, quando quem nos sonha é o tempo inteiro UM OUTRO: "Tenho poderes. Ressuscitei minha mãe quando preenchi seu útero vazio. Nosso cordão era elástico: esticava até o limite do rompimento e voltava à forma natural machucando quem segurava suas pontas. Enquanto as cinzas dos anos me queimavam, íamos nos desfazendo, silenciosamente ansiosas: por quem arderia primeiro. Como aconteceu? Ateei fogo. Mamãe me encarava em chamas."

O relato da narradora se passa em Curitiba, e enquanto ela se debate com a garatuja de uma cidade inoperante, própria ao afastamento e programada como exemplar para um falseado ajuste social, há também a habilidade de leitora que Rhaina é e que comparece o tempo todo em seu texto para mover as personagens por linhas sinuosas, oscilantes, esfolando o sentido da interlocução: "Já que vou contar tudo pra você, não me interrompa."; e indicando que toda e qualquer individuação não é ainda e nem será depois: "Curitiba é uma boa cidade para morar: a mais verde da América Latina, potência econômica, uma capital organizada, planejada, racional. Sem contar que não precisamos conviver com ninguém: Curitiba é a cidade dos solitários. Minha infância? Uma merda."

Mas não guardo rancor é um livro intenso e adversativo, atente-se aí à conjunção do título, problema do mundo e, mais ainda, quando todo o relato se passa durante a frase que abre o primeiro o capítulo — "Não conheci o filho da puta que fodeu minha mãe, mas não guardo rancor, é só modo de dizer." Este recurso singular remete diretamente ao **Agora é que são elas**, de Paulo Leminski, 1986, quando todo o romance dura o tempo de uma pergunta mínima, cigarro na boca: "Tem fogo?". É o rancor que se desfigura, que mata e morre, numa série instantânea de fotogramas que, em movimento, provocam a ilusão de que o tempo se move, princípio da física, desvinculação matemática, experiência-limite sem insinuação de esperança. As imagens lançadas ao léu no que é dito pela narradora são uma espécie de revisão, imagens recuperadas, para que sejam vistas de novo e de novo, por ela, numa projeção para frente através de um regresso no tempo e, também, das lembranças delirantes que provocam essas imagens a um futuro anterior.

Entre as personagens não há piedade nem penitência, não há perdão nem vítimas, todas são algozes de si mesmas e de todas as outras. E isto é uma expansão que só pode ser provocada por quem carrega consigo uma biblioteca impertinente, caso de Rhaina Ellery, que indica a contingência do quanto escrever não tem importância alguma. Por isso, na lata, é impossível não lembrar de João Antônio e seu conto informe *Abraçado ao meu rancor* [1986]: "Diz, corta, rasga que me quero morrer abraçado ao meu rancor" e "Não tripudie, pois, que este viver nesta cidade é tão ruim, que as pessoas trabalham continuamente até para esquecer que vivem nela." E um trecho dos mais contundentes e bonitos do livro de Rhaina: "Na minha rua, tinha uma cabeleireira que atendia a todos fiado. O corte era péssimo, assim como tudo que é de graça. Diziam que era generosa nos cortes porque cobrava caríssimo pelos programas que fazia no Passeio Público. Graças a eles, pôde redesenhar seu sexo. Antes da operação era triste, ficou menos triste depois da xereca modelada, mas teve que se contentar em ser somente cabeleireira. Depois da cirurgia, perdeu todos os clientes do pau. Sua freguesia assídua era composta de maridos dispostos a gastar o olho da cara para serem penetrados por uma mulher. Ela retirou aquilo que mais os atraia: seu disfarce. [...] Ela estava livre para ser quem quisesse, mas perdeu pau, dinheiro, amantes e a esperança de ser plenamente feliz."

Por fim, é Beatriz Pôssa, exímia leitora e pesquisadora de João Antônio, entre os cinemas de Julio Bressane e de Ozualdo Candeias, quem afirma que "a construção das figuras de João Antônio se dão num terreno lamacento de recuperação com uma sensibilidade ímpar, não a 'solidão menos doença nervosa' como sintoma burguês da neurose, mas muito mais reflexo de uma angústia incomunicável sentida por todo o corpo." Rhaina Ellery carrega isso por todo o seu livro em cada personagem, *angústia incomunicável em todo o corpo*, e a prerrogativa desejante de que "olhar é com todo o corpo". Está-se diante de uma escritora em letras minúsculas, porque leva a ideia de escrever às últimas lascas de impressão da literatura que imagina cumprir como responsabilidade política: primeiro, *um enorme buquê de questões*; depois, quando essa responsabilidade é um pensamento que treme, quando corpo e solo tremem ao tomar-se posição para UM OUTRO, como UM OUTRO, silêncio e segredo.

Revista Revestrés, fevereiro, 2024.

Paulo Leminski, leitor do sertão

"Não há mais tempo. O tempo acabou."

[**PAULO LEMINSKI**]

Agora, em 2024, completam-se 35 anos da morte de Paulo Leminski, morto em 07 de junho de 1989. Depois de Drummond — que recusou por 3 ou 4 vezes entrar para a vida imortal numa tetraplégica academia nacional de letras que só piora a cada ano, um malogro imaginado por Machado de Assis que, irônico e propositalmente e para rir de nós no inferno, nos legou esse deboche definitivo, a última de suas negativas —, é certamente Leminski o único a quem ainda se poderia, no Brasil, de todos os modos, nomear poeta. Como Ismael, o contador das histórias do leviatã, poeta não é quem diz "chamo-me", mas quem imagina um espectro que vem do chão, sem metafísica, dizendo "chamam-me". E que, mesmo assim, ouvindo o chamado, diz não, o tempo inteiro.

3 anos antes de morrer, em 1986, num seminário organizado por Adauto Novaes, através da Funarte, no Rio de Janeiro, São Paulo, Brasília e Curitiba, "Os sentidos da paixão", ele participa com uma conversa deliberada, *Poesia: a paixão da linguagem*, retomando, essencialmente, o que apresentara como proposição em dois textos daquele mesmo ano: "sertões anti-euclidianos" e "grande ser, tão veredas". O mais interessante é que faz uso de pequenos comentários ao que,

natural e ordinariamente, se conhece como "prosa" para falar do que, também ordinária e naturalmente, imagina-se como "poesia". Mas o ponto de insurgência aí nem é essa relação precária já levada a cabo tantas vezes, prosa/poesia, mas sim uma imaginação laceradora do pensamento que se lança através das figurações do sertão, como experiência, o que Leminski não parece ter tido — senão através do biografema que faz do corpo preto, esquálido e morto de Cruz e Sousa num vagão de trem entre cavalos —, e, depois, como imagem rarefeita, o mais perto possível de uma imaginação revolucionária ao ler esses livros impensados.

Ao mesmo tempo, Leminski, este muito bom leitor do sertão sabia que é impossível tocar esses dois personagens-escritores tão díspares e esses livros também tão díspares, **Os sertões**, de Euclides da Cunha, 1900; e **Grande sertão: veredas**, de Guimarães Rosa, 1956; sem tocar num ponto do que afirma em direção a um si mesmo que advém daquilo que lia e, muito mais, de como lia aquilo que lia: "o pensamento que alimenta e abastece uma experiência criativa tem que ser um pensamento selvagem, não pode ser canalizado por programas, por roteiros, tem que ser mais ou menos nos caminhos da paixão [pela linguagem]." Daí que nos lembre, muitas vezes, o quanto Glauber Rocha é um exemplo que persegue como exímio leitor do sertão, não só porque devorou os livros de José de Alencar, Euclides da Cunha, Graciliano Ramos e, numa outra ponta, de Guimarães Rosa, mas porque, principalmente, para ler este último, escreveu ele mesmo um romance, o genial **Riverão Sussuarana**, publicado em 1978, numa convocação do **Bloom**, de James Joyce, e de um Riobaldo amalgamado em êxtase com Diadorim. A figura de Glauber, do pensamento de Glauber, é uma constatação efusiva de uma materialidade imanente da paixão, porque Leminski insiste na ideia de que o que está na moda é a palavra paixão, não a paixão.

A recuperação das ideias de que "nenhum livro / teve sobre a cultura brasileira letrada / o impacto de "os sertões" e de que se está diante de um "cordel de guerra / de um homero anônimo / onde a crueza das ideias e expressões / se expressa em bárbara ortografia" se expandem até o vórtice destrutivo, porque se aproxima do materialismo histórico sugerido pela anacronia heliotrópica de Walter Benjamin, de uma ancestralidade imprevista; para Leminski "dele descendem / "macunaíma" / "vidas secas" / "o tempo e o vento" / toda nossa prosa regionalista / até o sertão máximo / "grande sertão: veredas" / onde o gênio de guimarães rosa / dá ao sertão uma dimensão cósmica / num texto rico como os de Joyce / encerrando com chave de ouro / o ciclo mais fecundo da literatura brasileira." Leminski o lê como se fosse um delicado haicai, A TERRA / O HOMEM / A LUTA, ou tal como o "abc de incredulidade", texto popular recolhido por Euclides num de seus cadernos, e remonta o gesto de sua própria e incondicional formação zen-marxista-trótskista, ao nos lembrar que a literatura, se imaginada para um impossível, poderia penetrar as massas ou quiçá uma classe popular como força social, o que é muito próximo do que Benjamin também sugeriu como "utopia irrecusável".

O gesto de leitura de Paulo Leminski é tão inespecífico e movediço que contraria a si mesmo ao dizer que entende que "os textos mais subversivos" de Rosa estão reunidos em **Primeiras estórias**, "com toda a sorte de violações em relação aos sinais de trânsito da linguagem, não só da linguagem literária, mas até da linguagem enquanto veículo de comunicação entre os falantes da língua portuguesa." Daí que afirme também que se o grande romance de um ocidente suposto tiver sido escrito em basco, ele não há; e que escrever em português e ficar calado, "mundialmente falando", dá no mesmo: "é mais que basco, mas é muito menos que o espanhol". E que se há "um caráter jagunçal" na literatura de Rosa é, exatamente, porque ele vibra numa aposta entre a forma e o conteúdo para a construção de um terceiro, "uma força da língua", quando o escritor não é algoz nem vítima da língua, mas aquele que se lança à escritura com todos os movimentos do corpo em direção à paixão pela língua, pelas línguas. E projeta categórico que Rosa "jagunceia [a língua] por precisão", tanto que os seus textos vertidos para o alemão, inglês, francês ou italiano perdem, exatamente, diz ele, "o caráter jagunçal da linguagem". O que acontece com Joseph Conrad, o polaco Józef Korzeniówski, que vai da Polônia para a Inglaterra e, segundo ele, "se britaniza" para tentar gritar na língua do capitalismo colonizador mais violento do século 20. Conrad que, por sua vez, muito bem lido por Belchior, genial cantor das coisas do porão e de um sertão condenatório e outro exímio leitor de Euclides, Rosa e Glauber, aparece com força na canção *Coração selvagem* e num truque final de uma sobreposição de línguas que todo sertanejo inventa: "Meu bem, meu bem, meu bem / Que outros cantores chamam baby".

Jacques Derrida, no seu mínimo e denso **Paixões**, texto de 1993, diz que amar alguma coisa na literatura é amar um lugar do segredo, algo como "não há paixão sem segredo, este segredo, mas não há segredo sem paixão. *Em lugar do segredo:* aí, entretanto, onde tudo está dito e o resto nada mais é senão o resto, nem mesmo literatura." A ideia de que a literatura previa, como sentido e paixão da linguagem, DIZER TUDO, DIZER A TUDO, quando ela é uma paixão sem martírio, para Leminski, já era. Termina na farda, numa conformação, no uniforme, este mesmo que alguns dizedores do sertão, como João Cabral, de família escravocrata, senhora de engenhos, e Guimarães Rosa, mesmo que tenha optado pela vida entre vaqueiros, não tenham conseguido recusar, porque diante da mercadoria nada se recusa, ela é mais rápida, indômita, violenta, legalizadora e legisladora, anula e encerra toda e qualquer paixão. E aí, nem adianta, segundo Leminski, entrar no universo dos José Lins do Rêgo ou das Rachel de Queiroz, esta última uma legítima apoiadora do golpe militar de 1964; nos sobrariam apenas os livros fortes e as tomadas de posição de Graciliano Ramos até o cárcere e depois, liberto, abandonado pela polícia aos trapos e farrafos na esquina do Largo dos Leões com rua Alfredo Chaves, no Humaitá, Rio de Janeiro, porque era o único nome de rua que lembrava e conseguia dizer sem parar. Ironicamente, o endereço da casa de Dona Naná e José Lins.

Um direito da literatura à morte, sem fuga e sem tempo, é que faria do escritor, o poeta, alguém tomado de coragem e fascinado pelo perigo. Mas "os tempos estão difíceis", diz Leminski, e o poeta já era, acabou. No seu caso, se não tinha a experiência convicta do sertão, a que só é se com o corpo lançado ao espaço como deriva e vulto, justamente como a empenha o poeta, estudioso das coisas da terra e leitor diferido de Rosa, Carlos Augusto Lima, ao menos não foi um signatário efêmero como Mário de Andrade que, na sua travessia pelo Nordeste e pelo Norte, registra risonho um lapso que diz tudo: "Esqueci do Piauí!" E isso está tão posto e imposto que, por exemplo, até os dias de hoje, "não há" nenhuma literatura brasileira produzida nos anos 1970 que não tenha sido escrita apenas entre a praia de Ipanema e a instituição "esses poetas". A denúncia ao "mal contado" é de que "boa parte da nossa ficção é contabilidade", de que "o mal é de família" e de que "comparada com o nosso naturalismo pedestre e fotogênico, a ficção latino-americana parece uma literatura que enlouqueceu". Por isso, Leminski declara que "a última grande fábula brasileira é a de **Grande sertão: veredas**, [...] de lá pra cá nossos ficcionistas se debatem entre naturalismo e a máquina fotográfica." E é este pequeno "de lá pra cá" que demonstra a ideia imposta de "acarinhar o leitor" e da "forma de sucesso garantida" também numa poesia que é mera "prosa empilhada em versinhos, como está cheio o Brasil".

Numa mesma modulação, sempre se perguntava quem, nesse país, lê e, mais ainda, quem no Brasil consegue perceber como lê o que imagina ler. E isto numa disposição para remover o imutável: "analfabetismo, alto custo do livro, falta de bibliotecas públicas, falta de preparo, de educação do gosto, de interesse e de procura" e "é a transformação em mercadoria que dá à obra de arte a ilusão de ser 'livre'." No meio disso, dessa anestesia, não se pode esquecer da grana imperiosa das corporações do mundo editorial para a inserção desse ou daquele livro, especificamente, o que provoca e produz a inexistência de tantos e tantos outros, muitas vezes muito mais interessantes, mais políticos e mais pertinentes, sem compromissos com uma agenda da hora ou com um vocabulário usual e mímico e nenhuma invenção imaginativa. Não há mais nada que não seja do plano do capital e da violência do que o capital determina em sua dimensão indômita, até — repare-se a ironia — no que deve ou não ser censurado, porque sempre é para tudo apenas o que está à vista imposto por essa mesma violência.

O projeto de leitura do sertão proposto por Paulo Leminski é, por vezes, maravilhosamente anárquico, anarquivista e selvagem; sem uniforme, completamente informe, porque ou se implica hermeticamente o corpo ferido e alegre num contágio com a terra ou é só novela das 7. E isso tem a ver com aquilo que Herberto Helder, que imaginava um Rimbaud impossível porque só seria o que é se for um discípulo ancestral de Godard, chamava de "gramática profunda", e essa gramática é o princípio e o precipício do que se lê como política e gesto para a composição heliotrópica de uma comunidade: "a transformação mais insignificante de todas". No entanto, Leminski, corajoso e subversivo como sempre, provocava naqueles idos de 1986: "qual a linguagem que não se escreve? qual é a linguagem em que a poesia nunca chega?" e "não há mais lugar para a paixão, porque a paixão é o desejo projetado para a frente. Não há mais nada lá na frente, apenas o apocalipse. Não há mais frente." Acertou na mosca.

Revista Revestrés, março, 2024.

Aline Prúcoli, Jorgeana Braga, Priscila Amoni: trabalhadoras da terra

"mas hoje, de novo, os poetas trabalham"

[RUY BELO]

"para todo poder, leis"

[ISABELLE EBERHARDT]

A pequena e encantadora ilusão de Ruy Belo [1933-1978], nascido em Portugal, numa entrevista de 1976, a de que os poetas, de novo, trabalham, ao imprimir a ideia à situação violenta do capital entre poder e opressão, língua e nação, Fernando Pessoa e povo etc., apresenta o impasse de que o poema, o pensamento, a imaginação se, antes, poderiam agredir e existir em luta, vinculam-se muito mais à ausência de jogo e fúria e, numa inversão de tudo, convertem-se terrivelmente conformadas em bem estar, vida familiar e saúde. Reclama, por fim, em seus últimos livros, **Toda a terra** e **Despeço-me da terra da alegria**, por exemplo, das "secas árvores do meu país" e do quanto "a vida tem aspectos criminosos".

O que Antonio Gramsci, de outro modo, apontara bem antes, em texto de junho de 1921, acerca da participação camponesa na luta proletária, os trabalhadores da terra, as "vozes da terra". E isso diz muito, muitíssimo, escutássemos devagar essas vozes, vivas e materializadas, com força, noutro exemplo, do que vem do **Movimento Sem Terra**, o **MST**, sem dúvida, o movimento de luta política pela reforma agrária dos mais importantes do planeta. A canção de Milton Nascimento e Chico Buarque, *Cio da terra*, gravada pela primeira vez em 1987, por Pena Branca e Xavantinho, já anuncia também um bocado do que essa imaginação amplia, bastariam 2 linhas: "afagar a terra / conhecer os desejos da terra". Conta-se que nas primeiras reuniões do MST, os presentes a cantavam quase como formas e dobras de oração, hino, gesto, dádiva etc.

O que sobra, diante do vazio em que estamos agora, dimensão inócua, de uma atualidade político-ecológica da imaginação [quando atual, se político, é ao mesmo tempo o que atua e promete] e, principalmente, *com* a imaginação, quando ainda é capaz de pensar e mover as coisas um palmo, que seja, para algum lado? A aposta de Walter Benjamin, "destruir a destruição", outro exemplo, busca enfrentar a exploração da natureza e as relações criminosas com o modelo único e cretino da "civilização capitalista". Há uma inferência constituída pela ideia fascista dos "estados-nação" que se atravessa, como falsa saída circular, da política para a polícia; *ultranacionalismo* e *democristianismo* evidentes como estratégia de culpa e esperança ilusórias a um neoliberalismo desenfreado. É isto que gera e produz, industrialmente, numa escala absurda, um contingente de refugiados para morrer de fome ou a bala ou estruturas bélicas associativas para a prática de genocídio, como o que acontece em Gaza, com os palestinos, desde, pelo menos, 1948.

Agora, se os tempos em que estamos se equilibram entre neurose e necrose, ou seja, consumo máximo, máximo consumo, e quando nada escapa à imposição da lei, porque até quem imagina-se contestando a norma imposta pelo direito, só projeta alguma mínima resposta a isso no contraponto sugerido pelo próprio direito sempre dominador, que é o truque fatídico da ideia de crime. Todo o resto, como linguagem, parece cumprir-se numa ausência de caráter, o abilolado, retirando dos jogos da imaginação o inespecífico, que pode ser o que ainda escapa à lei, à regra, a uma origem, a uma identidade, a um território [termo sempre fascista] etc. e se lança ao mundo e a vida como uma vagabundagem: *Eros*, errância, frescor, liberdade e coragem.

Reparar, mesmo que rápido, em algo dos trabalhos de Aline Prúcoli, Jorgeana Braga e Priscila Amoni, num encontro imprevisto, heterogêneo, série convulsa, é tentar expandir possibilidades ao atual em sua força para o político, ou seja, quando atua e promete, e não apenas no que se instala como banalização da crise, sem formulação ecológica, que é, por sua vez, instável. Aline é nascida em Vitória, Jorgeana em São Luís, Priscila em Belo Horizonte. Há o deboche sudestino, entre Rio de Janeiro e São Paulo, do "Brasil profundo", mas essa é muito mais a história de uma transformação cultural, metamorfose para o impossível e revolução de conceitos, *festina* lente. Essas três artistas movem a forma do que fazem a um como fazem, da forma até a forma, que é também pensar sobre o pensamento ou como reinventar uma inatualidade.

O último livro de Aline Prúcoli, depois de coisas geniais como **Pustulâncias** e **ανατομία**, parece um jogo simples: **[in]porta:nte** [todos pela Editora Cousa], mas é uma impressão subtraída entre a experiência dos dias que se arrastam e a captura de imagens dessa experiência numa errância do corpo partido ao meio sob a perspectiva da terra encravada pela arquitetura moderna: é a porta que impede a existência do *bolicho*, as grandes salas das casas sertanejas das classes mais pobres, ou do *porxo*, as grandes salas das casas camponesas de Ibiza que fizeram Walter Benjamin repensar a máquina bélica que é a arquitetura moderna, quase sempre e apenas para o bem estar dos ricos. Aline impõe uma dilação erótica a essas portas, fotografadas por ela mesma e soltas numa caixinha como postais sem envio certo com textos em desenhos gráficos de letras anuladas, apagadas de fato, sem truque, quando tudo é moeda falsa, extinção de um si mesma, aprendeu com Derrida, o africano: "sopro q c enfia orifício a dentro. pau a c meter canal acima. agora 1 carne incha na sala d'estar. encostar nos móveis a toda hora: aparadores tão amigos: ñ há solidão. [...]" ou "saldo do dia: 9 programas; 2 anais; 5 completos; 2 q só queriam conversar; pelo menos uns 7 palavrões no ouvido; 3 tapas no quadril; 4 puxões d cabelo; 2 arranhões nas costas; uma proposta p/ cocaína; 1 p/ não usar camisinha ε algo em torno d R$ 450,00. ainda bem: amanhã: fazer apenas 3, talvez 4: a depender do 3°, pelo menos R$ 200,00 p/ poupança/aposentadoria".

O trabalho de Aline, há tempos, é um arremesso deliberado que se engendra entre a professora, pesquisadora, estudiosa erudita, com risco, e a sua condição feminina/feminista, mulher e mãe, com a força de quem em momento algum negocia o que faz em troca da piedade da aparição. O que se lê, e agora mais do que nunca, é o sentido que Aline imagina tocar ao avançar sobre a terra diante da causa das outras mulheres, laceradas por imposições machistas e patriarcais, violentas, e de toda uma horda humana lançada à miséria da vida comprimida por um capitalismo assolador: "depois de 15 facadas, ainda há fome? na gaveta ñ há + pano d prato saco d lixo e perdão" e "ñ fazer apenas uma vez por ano só / provar ao mundo q c é caridoso. [...] fome é 1 troço bem grande q nunca fecha os próprios olhos. apenas os olhos alheios." Cada porta, assim, não guarda segredo algum, mas são a cada página livre e texto uma transparência da guerra dos dias, do ordinário mais previsível, da falência das coisas e dos corpos ao nosso redor. Tudo o que a vidinha corriqueira, urbanizada e civilizatória, de todos nós, o tempo todo, mata.

Um outro modo de tocar a terra, a causa de UM OUTRO, está no trabalho de Jorgeana Braga. **Txaiuirá** [Ed. Urutau], seu último livro de poemas, com um lindo e encantado texto de orelha de Celso Borges, chamando atenção para esse ritual que finca o pé na terra, a terra no pé, entre a pele e carne, indicando o termo: uma leitura sensível e partilhada, rota de pássaro [*wyrá*, no tupi], entre uma ideia de sertão como experiência e convívio, não apenas como letra, e de litoral, onde parece morar uma tropa dos ossos de vivos e mortos. E aí, de novo, de outro modo, *Eros* vem, firme, fundo, a alucinação da "jurema travosa", quando "morrer não é doença" e até "entrar viva no desaparecimento". Nos textos de Jorgeana se lê outra coisa, outra ruma e outros rumos às coisas e tempos, um misto de ancestralidades índia e preta, preta e índia, sem ordem, e a presença inoperosa da floresta, do mato, das plantas, dos ventos, dos rituais em canto fulni-ô etc. e no movimento e no traço da letra que se alargam porque vêm de quem mora e se demora no que a terra ainda é.

No lindo poema *Norte*, de uma só linha, ela anota uma inversão da imagem: "Gavião só baixa a cabeça pra chuva". Procedimento que está por todo o livro, tanto nos textos menores, curtíssimos, quanto nos maiores, de página inteira. Noutro, quase mínimo, de 3 linhas, ela diz: "Levar a casa nas costas / Como uma borboleta que voa / Para dentro da terra." Esse método está vinculado ao deslocamento físico do corpo entre pequenas aldeias que aparecem, muitas vezes, em anotações propositivas para repensar a vida nas grandes cidades movida a dinheiro e desconversa: "[...] / a cidade afoga o mundo / afoga os laços / os nós / e aquelas amizades que viraram de costas / pura convenção de uma mesa de bar em qualquer lugar / não há fé no asfalto / a gente tem que subir o morro pra isso / [...]". Jorgeana Braga risca o chão do poema com o seu corpo, uma mulher emprenhada de nordeste entre a vida no chão do real — "o silêncio que vem de cima", "a ponta fina de um coração que não espera nada" e "ameríndia que habita a noite / coração de rocha que se apanha de águas doces" — e alguns mistérios que ela mesma inventa para nos lembrar que se há poetas que, de novo, trabalham, tem a ver com o lance inesperado de uma dicção alucinatória que escapa, corajosa, da dicção repetitiva e conciliatória da muito celebrada e muito premiada "poesia brasileira contemporânea", este cansaço de umbigos sem poesia e sem poeta nenhum.

Por fim, é o gesto do trabalho de Priscila Amoni, pintora, numa dimensão para além do olho, sem condicionamento retiniano, descolamento da técnica de ateliê entre cavalete, pincel e tinta para a escala do muro, da parede, em espaços públicos, urbanos para recompor uma invenção da terra. Pode-se imaginar que há nesse gesto, quando pintar com pincel passa a ser uma questão de escala, algo que remonta a um empenho político entre restituição e retratação de um passado que se revolta e invade a cena num processo de restauração tal como nada nele tivesse havido. Priscila desmonta o controle da luz, numa aprendizagem que vem do contato com outras pessoas pintando e de pintar junto com outras pessoas, para uma luz imprevista mais próxima da duração de uma visita, tanto na temporalidade das ruas quanto na composição de uma ideia de comunidade. É, ao mesmo tempo, a modulação do convívio com o entorno, ou seja, corpo e corpos, corpos e corpo, e a demora do pincel sobre a superfície do muro, da parede, numa tentativa heterogênea de leitura do lugar, do espaço, da vida que circula e se engendra ao redor. É praticamente uma urgência e uma emergência traçar essas linhas esfumadas do retrato de mulheres, pretas, brancas, velhas, benzedeiras, de terreiro etc., ou, num recorte de inferência em lançar sobre a paisagem exaurida da cidade, quase sempre a mesma, os impasses que figuras de bichos e plantas podem convocar como rememoração alguma sabedoria ancestral: o que ainda se pode receber da natureza contra as ações de avidez movidas pelo mundo capitalista neoliberal que nos rege o tempo inteiro.

Repare-se em pinturas como *Criança*, de 2022, ou *Dona Geralda*, de 2024, ou, ainda, *Rainha Bela*, de 2019. São pinturas que remetem, de certa maneira, ao projeto dos muralistas mexicanos, como Siqueiros ou Orozco, entre revolução e sonho; transparências consistentes acerca da equação "ver-se, vendo", mirar-se na figura que é pintada e, ao mesmo tempo, desejar uma dissolução de todo EU diante de uma suspensão provocada por uma paleta muito singular que ela cria, inventa; uma paleta vibrante, solar, difusa, e que Priscila chama de "ensolaramento". Como pintar lançando-se, corpo, à pintura e, sobremaneira, esmagar esse corpo diante da escala e da cor e no pequeno gesto do pincel na superfície imensa até esse corpo, que pinta, desaparecer. Tanto que as figuras pintadas recompõem e reposicionam os corpos de expectação à espectros, ao inespecífico do contorno, sem explicação, como se magias perdidas, segredo, mistério, pausa.

Assim, diante dessa sobreposição de tempos improváveis, os trabalhos de Aline Prúcoli, Jorgeana Braga e Priscila Amoni, trabalhadoras da terra, mãos na lama do mundo e suas delicadezas, retratam e restituem, por exemplo, o impossível de Cézanne quando visitava, todas as manhãs durante uma viagem a Veneza, a capela de San Giorgio para confrontar-se com luz que invadia a gruta e sem conseguir pintá-la. Para o poeta Joaquim Cardozo essa é a mais genial pintura de Cézanne: a que ele não fez.

Revista Revestrés, março, 2024.

Isa Graça, Maíra Dal'Maz, Pedro Lucas Bezerra: enciclopédias mágicas

"Um trato de amor sobre os degraus de um túmulo. Mas não é uma profanação."

[EMÍLIA FREITAS, 1889]

Angel Rama, crítico uruguaio [1926-1983], imagina a literatura diante de um impasse antropológico, porque uma das mais dóceis projeções intelectuais é a sub-reptícia fé no progresso, fé que leva-se a pensar que as últimas novidades são sempre as melhores coisas porque operam em confronto com algum oposto simétrico, que seria, noutro sentido, um pensamento desinteressado de qualquer verdade revelada. Assim, a escritora e intelectual argentina, María Negroni [1951-], lendo Walter Benjamin, atenta à disposição naturalizada de uma linha evolutiva frágil e insensata, o inscreve como um fazedor de enciclopédias mágicas. Estas, por sua vez, organizadas entre micrografias do desejo e alumbramentos do inesperado, a pobreza abjeta e o luxo insolente dos dados do mundo, os fracassos e os testamentos etc. Um bom exemplo é o fascínio de Benjamin pelo circo, este espaço rodeado por um ar fabuloso, com jaulas vistosas e animais cativos que esfumaçavam esse ar.

Estamos diante de um método de trabalho com o pensamento que tem a ver com uma miniaturização das coisas do mundo, ou, ainda, do pequeno mundo das coisas. Uma beira arriscada, porque microscópica e frágil, infinitamente inapreensível; tal como poderia ser a tarefa política do poeta, quando recupera a vertigem das crianças, arqueólogos lúcidos do vínculo inaparente entre nostalgia e rancor, aventura e jogo. Para Benjamin, sabemos, o poeta é aquele que exerce um procedimento combinatório impensado, impossível, para imaginar um mundo que virá depois dele, uma memória insuficiente para algum futuro. O imprevisto opera no empenho das afinidades secretas, ou seja, pensamento desinteressado, contra o descompasso da língua que, por sua vez, opera como controle e constituição objetiva da violência para organizar o modelo civilizatório de verdades reveladas.

Estamos diante, agora, de uma ideia de "poesia atual", "contemporânea", que muito pouco atua e promete menos ainda, porque quase toda ela é o que Rama toma como "*corpus* doutrinário". Este *corpus*, no caso irremovível do terceiro mundo, a América Latina, por exemplo, da qual o Brasil é um país vizinho, ainda se apoia numa concepção exaurida: uma ideia fossilizada de autor, que é invariavelmente um produto de feira, sem trocadilho, e uma produção mais fossilizada ainda para uma circulação padronizada. Daí que, muitas vezes, a argamassa dessa produção seja cafona, um disse me disse que beira a fofoca, uma renúncia do corpo, sem violação normativa, sem voz, logo sem grito e sem silêncio, condenada a ter a língua arrancada.

Interessante lembrar, como contraexemplo, uma proposição de Paulo Leminski quando afirmava que durante os anos 1970 o melhor da poesia brasileira estava nos encartes de discos. Era um esforço para sugerir alguma sobrevivência à arte diante do capitalismo com sua armadilha fundamental: a transformação de tudo em mercadoria. E é essa transformação, prossegue o Leminski, que dá a um trabalho com a arte a ilusão de ser livre. Não à toa, repare-se, o disco de Isa Graça, **Corpo Celeste** [2024], nascida na Baixada Fluminense e radicada em Natal, no Rio Grande do Norte, abre com uma canção chamada *Vênus [Estrela D'alva]*, que termina sugerindo a recomposição de uma sobrevivência: "Sonhos desaparecidos no meio de nós / Cantando que não vão calar minha voz / Soberana flor regada por sóis / Explodir meu algoz". São canções de amor, impressas sobre um tempo em que o amor resulta inútil, porque é mera palavra de ordem que despreza, convicta, a figuração de levante da presença daquilo que é, Eros.

Todo o disco de Isa Graça relembra, de pronto, o livro mais bonito com poemas de amor que foi publicado mais recentemente, **O livro de Carolina** [7Letras, 2019], de Carlos Augusto Lima. É a construção de uma linha tensa entre a música — numa conversa direta com algo de psicodelia, como Tame Impala, raspando algo dos Mutantes e da turma genial do Clube da Esquina —, e letras encantadas, casos de *Farol*, no trecho "Como sua pele ressoa o sol / O mais bonito do farol / Que guia o navio no nevoeiro / O inverno inteiro", e *Tamarilho (afrobeat)*, também um trecho, "Nem o rumo dos pássaros / Nem o curso do mar / Nem engolir a seco / Vão me fazer acostumar". Os usos da repetição, muito comum numa tradição da canção brasileira, sugere jogos de armar, o *puzzle* impraticável e insensato do desejo entre perda e compensação, reparação e desmando, nem lá nem cá, nem torto nem de pé, nem dormindo nem muito menos acordada. A escolha do nome **Gracinha**, para a banda, com as presenças de Rodolfo Almeida, baixo e vocais; João Victor Lima, guitarras; Mateus Tinoco, nos samples; e Pedro Lucas Bezerra, na bateria, se juntam aos instrumentos que ela mesma toca, da guitarra ao baixo, e voz doce daquela que se sabe mulher, homossexual e preta, recompondo os sentidos da delicadeza e da violência de uma "lucha contra este deseo", como quando canta em espanhol na linda canção *Cuantame*.

A figura de Pedro Lucas Bezerra na bateria da **Gracinha** é praticamente um espectro, no sentido mais radical da ideia, como a projeta o filósofo argentino Fabian Ludueña Romandini: "um *esse objectivum*, mais precisamente uma entidade de pensamento puro e, portanto, um atributo possível da natureza sobre a modalidade do pensar" e "a vida mais intensa possível". Logo, o espectro não se vincula à metafísica, mas a materialidade do impossível. Está ali, ao fundo, *chiaroscuro*, ao mesmo tempo, a deliberação de uma ideia para o poema, o poeta, que publicou **Trem Fantasma** [Quelônio, 2021], redesenhando a cidade de Natal, onde nasceu e vive, cidade estrangeira, tal como um Nicanor Parra baterista, "o último poeta do mundo", morto aos 103 anos, quando "de nada em nada, vamos caindo ainda um pouco", anota Pedro no poema *Para Nicanor Parra*.

Dividido em 3 partes, *tábuas de maré, tábuas de horário* e *os aterrados*, o livro encena a cidade também como espectrologia, desde as epígrafes retiradas do Eclesiastes e de James Joyce, entre o que existe e o que não existe ainda, e a travessia de alguém por uma cidade em suas estâncias mais furiosas. Há muita linha de mar, de pedra, muitos cigarros, muitas solicitações urbanas comuns a todas as cidades do planeta, tanto faz se em Tóquio ou em Ponta Negra, certa eletricidade musical de um trânsito fixo e um bocado de expectação com raiva: "meus dentes habitam as carnes / cortam os plátanos / anunciam a raiva / outra vez a raiva / meus dentes não me dão medo / e a eles me volto quando amos os cães" e "as mulheres cuspindo fogo / para o alto / para onde Deus não olha / [...] / rezam baixinho / sabem fazer colares de miçangas / jogam futebol com os meninos / e seduzem quem tiver / assim na distração das margens". São traços e apontamentos que vêm também da poesia *Beat*, "O Brasil é o país mais deprimido da América Latina" e "Não rimarei / não nadarei no absoluto / não lerei as cartas de Newton Navarro / não olharei o Potengi sob o abismo" etc., depois e muito de Carlos Drummond de Andrade, das presenças de Roberto Bolaño ou de João Gualberto Aguiar, tudo como esperança espectral de força política num trabalho que começa expandido na deliberação do poema: "a coisa-viva que nos amarra".

Depois, Maíra Dal'mas e seu livro **Vira uma pedra o tempo** [Patuá, 2024], nascida em Monte Dourado, no Pará, e que vive também em Natal. Heitor Ferraz, poeta e professor, diz que os poemas de Maíra são um redesenho de sentidos e aberturas entre o poema e a experiência com o poema. Rápido, nas primeiras páginas, se percebe que há uma construção de contaminação, virótica, entre a vida e o texto, o texto e a vida, sem hagiografia ou mistério, o poema está todo lançado ao chão da sobrevivência: quando o poema ainda é o corpo que o imagina inscrever e, ao mesmo tempo, quando o corpo se inscreve no poema como se num precipício de devoração. O poeta italiano Pier Paolo Pasolini, em texto de setembro de 1968, *O medo de ser devorado*, afirma que "somos ainda determinados em nosso destino pelo medo de sermos devorados" e "penso que o desespero é hoje a única reação possível à injustiça e à vulgaridade do mundo, mas só se for individual e não codificado." Pasolini imagina que o medo de ser devorado é, numa oscilação consciente, o desejo de ser devorado. Imagem dialética de uma realidade infinitamente mais extensa do que os sistemas dominantes que a encobrem.

O livro de Maíra, dividido em 2 partes, *Tempo* e *Pedra*, é das coisas mais fortes que apareceram na poesia brasileira recente. E o é exatamente porque inscreve o desespero da confrontação do real em toda a gradação desmesurada do que um real é, impõe, projeta. Maíra devolve a língua à língua, todo terror e todo desejo que vêm até a devoração; basta ver que as marcas mais íntimas de seus poemas se ampliam e se desgastam ao demorarem num gesto para a comunidade, gesto que se aproxima de uma obscenidade que a "literatura" de agora não suporta, porque quase sempre é carola, cristã-capitalista culpada e ressentida, senão não vai pra feira financiada por empresas que matam pessoas e destroem florestas nativas o tempo todo como se não tivesse havido nada. Maíra, depois da *entrada*, diz no poema *Escrever é brincar com ruínas:* "nunca vivi em casa alguma / onde o reboco não caísse". São apenas duas linhas e nenhum horizonte, esta linha matemática inventada para dominação, controle e poder.

A série que segue essa máxima entre escrever-brincar tem personagens geniais, porque destroçados pela religião e pela fome: uma avó e os tempos famintos, um pai ensacador de bolachas, outra avó que não come polenta porque esta sabe a fome, uma mãe vendedora de flores de pano e sonâmbula etc. Importante ler o quanto a imagem do desespero, ou o desespero mesmo, ainda não é um mero contrário de esperança, mas sim o desejo de sobreviver com esperança e, mais, o desejo de sobreviver à esperança que é o enlace dessa pedra/tempo, desse tempo/pedra. Em poemas como *Belchior*, uma referência direta ao cantor e compositor dos mais geniais da canção brasileira no século 20 [que aparece de novo, diretamente, no poema *Lithium* e em outras linhas por todo o livro, também como espectro], quando há uma disposição de jogo entre nascimento, medo, choro e viagem, uma vida e alguma coragem; e *Solstício de verão*, quando desempenha perguntas entre a terra, o tempo, uma vespa e a dimensão demoníaca de um "exatamente", por exemplo, aparecem as questões que mancham esse obsceno desesperado. Tudo, no livro de Maíra, respira com dificuldade e, num sopro, com a erudição de um pensamento livre e errante, modulado por um vocabulário sertanejo, nordestino, aberto, desinteressado, contraria a fé no progresso e as linhas frágeis e evolutivas do que se toma como poema, agora. Leia-se aí os pequenos poemas, *Amor*: "jamais abrir mão dos rituais / fumaça, livros / vários nãos / nenhum filho", e *Joan Didioni:* "Joan DIdion pergunta a seu sobrinho / se ele tem uma cobra / ele responde que não / que pega um ancinho e mata // se você mata uma cobra, / quer dizer que você a tem // é preciso registrar isso / o que se diz é um ato / de vida e de morte", e pode-se imaginar o quanto se está diante da inscrição do poema como memória insubmissa e enciclopédia mágica.

Revista Revestrés, outubro, 2024.

textos
revista Cult

JOGO SIMULTÂNEO

A aventura do pensamento de Silvina Rodrigues Lopes e de Everardo Norões

"Uma cultura imperialista expansionista se sente mais confortável quando é capaz de acreditar que as pessoas as quais ela explora são de algum modo menos humanas. Ao começar a receber noções de que estas pessoas têm todas as características humanas, como nós, tudo já não será tão fácil."

[**GARY SNYDER**, TRECHO DE CONFERÊNCIA NA UNIVERSIDADE DE WISCONSIN, ABRIL DE 1975]

1.

Repare-se o jogo de nomes e de pensamento: Raúl Antelo lembra — tocando o instante em que Francisco Goya plagia antecipadamente a Georges Didi-Huberman — que o filósofo Giorgio Agamben, relendo Gilles Deleuze, anota que o *evento não é o que acontece*. E diz, expandindo todo o sentido do jogo, "que o fato de chover é algo que acontece, claro, mas isso não basta para fazer disso um evento: para que haja um evento é necessário que, além de acontecer, eu sinta esse acontecimento como um acontecer para mim. O aventureiro, poderíamos assim dizer *com* Agamben, ao encontrar a aventura, encontra também a si mesmo e o seu ser mais profundo torna-se, *em* e *pela* aventura, estilhaçado por todos os lados. A *aventura* nos coloca, enfim, uma tarefa. Para conhecer é preciso aventurar-se."

De um lado, a moral do brinquedo de Charles Baudelaire, tão cara a Walter Benjamin; do outro, a *arché* da teoria dos jogos de Roger Caillois. E não é pouco pensar como Herberto Helder, que Rimbaud é um discípulo antecipado de Godard; ou que Góngora, também antecipadamente, não passa de um plagiador de Mallarmé. É na aventura que se pode, de algum modo, ao tocar um si mesmo sem centro, provocar uma explosão ao diferimento dos extremos, do infinito, com o pensamento, para o pensamento, até onde o pensamento ainda não pode ser pensado etc. A *aventura* é, radicalmente, uma *vagabundagem*, como aquela professada por Jack London: a de adormecer sobre os trilhos, uma coragem, um enfrentamento às fixações perversas do capital.

A moldura disso está na insensatez daquilo que, por exemplo, se demora entre o que se pode ler como cultura e, ao mesmo tempo, sem a política, como o imperialismo da cultura. É este último que se atravessa com uma questão básica: o que a civilização ocidental, modelo único e violento, industrial e tecnológico, está fazendo com a terra. O poeta *beat*, zen, estudioso seminal, Gary Snyder, já anotara nos idos dos anos 1950, que Platão reconfigurando algumas tragédias indica categórico o quanto o *Estado* é a maior encenação trágica de todas. E isso, entre o moderno e agora, entre o dinheiro e a miséria, é o que se apresenta numa estrutura laceradora de classes: a acumulação de riquezas. Assim, num passeio breve a qualquer livraria de qualquer lugar desse país, folheando as primeiras páginas da maioria dos livros expostos logo à entrada ou suspensos em mostruários, o que se tem — grosso modo — é a reencenação dessa tragédia desenhada por Platão e reconfigurada por Gary Snyder: e sem aventura alguma. Ou seja, nenhum risco, nenhum estranhamento, nenhum desejo.

Giorgio Agamben, na tradução de Davi Pessoa, no texto citado por Raúl Antelo, **A aventura**, diz: "quanto mais estranha e mais arriscada é a aventura, mais ela é desejável", "a aventura não se situa apenas em um texto nem apenas em uma série de eventos, mas no seu coincidir, isto é, cair junto". E aí, lê-se, Demônio, Eros, Evento, Elpis, "como se o amor fosse mais forte que a aventura, [...]. Como se o amor fosse tanto mais ardente e impregnado de nostalgia quanto mais forte se revela nele a incapacidade de amar", ou como combater o genocídio cultural imposto por uma mímica e profícua banalidade, como ser aliados das lutas sociais em toda parte, como provocar uma literatura que nem passe perto da ideia de literatura quando "o escuro é ainda mais escuro, o frio mais frio" ou "mudar para um lugar livre de destruição, um lugar que desmente a destruição".

2.

Há algum tempo que tanto Silvina Rodrigues Lopes [portuguesa, professora da Universidade Nova de Lisboa, crítica, escritora, tradutora, editora da Vendaval etc.] quanto Everardo Norões [escritor nascido no Crato, exilado político durante a ditadura militar, tradutor, poeta, finalista e ganhador de prêmios, mesmo com a palavra ao contrário], projetam a cada texto e livro que imaginam um desamparo da literatura entre despossessão e poeira, anomalia e moscas, atrito e onde não somos etc. Muito tranquilo e claramente, entre tantos "melhores livros de 2022", essas listas que embelezam cada vez mais apenas os catálogos das grandes editoras movidas à madeira e óleo e sem freio de emergência, pode-se ver, de fato, parafraseando Nicanor Parra, que os 4 melhores livros de 2022 são 3: **Inconjuntos** [Livros Vendaval] e **Garrafas que sonham macacos** [CEPE]. O primeiro é a composição díspar de uma seriação de textos entre o relato, o ensaio e a conversa numa espécie de "era assim a vida das pessoas", sem orelha, sem biografia, sem prefácio ou posfácio e quando todas as marcas são desidentitárias, como sugerira Walter Benjamin. O segundo é uma sucessão de narrativas terrivelmente inventivas, quase simultâneas, como a vida, "este imenso rio cor de pus", com narradores e personagens descabidos que atravessam algumas cidades mundo afora, sem saber muito bem o que se passa nelas ou o que se passava antes de chegarem ou depois de partir de cada uma delas. Tudo é simplesmente flagelo social, figuras quase sempre concentradas em detalhes que as faz escapar de sobreviver.

Este **Inconjuntos**, de Silvina Rodrigues Lopes, tem a ver exatamente com muito ou quase muito de tudo ou quase tudo do que ela professa [e é este o termo exato e inexato, equívoco e inequívoco que melhor alarga a leitura desse livro] há bastante tempo em vários de seus textos, conferências, aulas. Há neles uma ausência de silêncio, tudo é tagarelice — "A humanidade é muda, só as pessoas falam e só elas têm problemas." — e a dilação constitutiva do quanto e quando um encontro ao acaso, esbarrar-se, pode cumprir como perturbação da rotina, esta mola mestra do desastre. Há coisas como o medo, numa projeção do melhor cinema de Kafka, ou coisas como o naufrágio, uma reiterada imagem enviesada de Jonas, Pequod ou Margo Glantz: "Ainda não sabia que, na ânsia de se salvarem, os náufragos se tornam perigosos" e "A saída da devastação do mundo não pode estar naquilo que o fecha, que o concebe como um todo. O seu fechamento é a sua devastação — é o não se crer nele como possibilidade de viver juntos sem privilégios nem servidões."

Basta uma pequena volta ao redor do que Silvina escreve no pequeníssimo e singular **A estranheza em comum**, publicado no Brasil em 2013, pela Lumme Editor, ao apontar e presumir uma ideia do mundo-em-comum como *intotalizável*, para que se perceba a força de seus narradores, personagens e conversadores soltos pelas páginas consequentes de **Inconjuntos** para cortar ao meio a ação civilizatória que gira basicamente em torno do dinheiro: a da monocultura. Ela escreve que viver é uma afirmação incerta porque ninguém vive para viver, mas *vive-com, sobre-vive.* E que por isso a literatura não tem nada a comunicar, a formar ou a educar. A literatura não é uma contribuição a um bem comum, patrimônio comum, mas é um modo de existência, uma singularidade de existir, contra a falta de imaginação do mundo como fechado e finito ao sucesso do dinheiro. É porque a literatura não-se-destina que decorrem, diz ela, as implicações éticas e políticas da poesia, por exemplo. Daí, numa extensão do sentido, é da sua estranheza, de uma *ex-timidade*, e não da banalidade naturalizada e naturalizadora da construção de uma intimidade identitária que diga respeito apenas e somente a um EU entremunhado à mesmice e sem nenhuma violação.

O gesto de Everardo Norões, por sua vez, no **Garrafas que sonham macacos**, tem a ver com a crise dessa mesma e única ideia de civilização, mas agora em expansão: narradores e personagens entremeados e assombrados por lugares díspares e, ao mesmo tempo, quase similares, quando a vida já aparece e parece completamente dominada por uma ausência de fadiga ou dor. O que Gary Snyder aponta como culturas ou sociedades que avançam com a violência e o descontrole de seus suportes econômicos até o limite de arruinarem um ecossistema e, mesmo assim, continuar em marcha. E se o que sobra é alguma lembrança — "A única forma de gratidão é a lembrança! Mas para haver lembrança é preciso haver consentimento." — percebe-se a cada narrativa, ou conto, se há ainda esta gerência do termo, a anotação como esforço e sensibilidade para tocar a causa do outro, de alguma outridade: "O objetivo deles é liquidar os que podem ser semente, poupar os que negociam. No fundo, nossa volta será uma tragicomédia."

Os livros anteriores de Everardo Norões, **Entre moscas** [pequenas narrativas, Confraria do Vento, 2013] ou **Poeiras na réstia** [poemas, 7Letras, 2010], por exemplo, já modulam os sentidos do que a sua escrita absorve e penetra agora abrindo a perspectiva da linha, do relato, do narrar, até os jogos impossíveis e impensados da simultaneidade. Isto é, num mesmo movimento, uma dança ou uma espiral, de experiências entre o corpo e a biblioteca, entre o deslocamento do olho e, sem perder o senso de revés, o deslocamento da mão; quando a dança, tal como sugere Drummond, também não é movimento. Everardo é de uma erudição rara naquilo que se imagina como "literatura brasileira" nos tempos ao nosso redor, todo o seu trabalho é um esforço e uma força para abrir pontos de incisão, furos, nas imagens dos dias. É uma aventura. E ao ler o que ele escreve, tentando imaginar como leitor, é importante cumprir esse mesmo simulacro imperdoável que dispõe entre o homem e a linguagem: *Ereignis*. Uma ontologia, o que nomeia o ser enquanto advém, sem abjurar, quando a linguagem diz e revela o ser. Um limiar que, segundo Agamben, se lê como uma ultrapassagem: a aventura das aventuras.

Sem saídas, de ponta a ponta, de começo a começo, e sem termo, **Inconjuntos** e **Garrafas que sonham macacos** são livros que, no mínimo, exigem a musculatura de quem se lança ao mundo com o descabimento do jogo de que o evento não é o que acontece. O que há de áspero é também o que se apresenta como felicidade, um arremesso, um desperdício, até porque o desenho concreto que trazem é o de que a vida humana não é uma aventura, mas sim uma comédia.

Revista Cult, 28 de fevereiro de 2023.

Torquato Neto: entre o subtendido e o mal-entendido

"em estado de guerra, eu abraço!"

"punhal cego que sai cortando a porradas.
assim se arrancam falsas promessas".

[RENATA FLÁVIA]

Entre as efemérides do centenário da Semana de Arte de São Paulo e do nascimento de Pier Paolo Pasolini; depois, a boa morte desejada e assistida de Jean-Luc Godard, o desvario delirante e violento do fascismo espalhado pelo país em meio à candidatura, a campanha e a vitória impressionante e maravilhosa de Lula, nos lembrando que a luta por liberdade sempre foi e é, antes, por dignidade, publica-se **O fato e a coisa** [Fósforo/Luna Parque], livro que reúne uma produção juvenil de Torquato Neto: poemas para ler com uma só mão. Basta ver coisas como, por exemplo, no *Poema desesperado*, quando logo no começo o menino anota: "Esta noite abortarei as rosas mais vermelhas / que em mim geraram a minha angústia"; ou no *Poema conformista*: "Se não componho as sinfonias que escuto / ninguém o sabe: eu não sou músico." E, ainda, em *Motivo*:"É difícil escrever uma poesia para nós mesmos? / Quem foi que disse que é fácil?". Estas linhas sem beira, entre tantas outras, todas ao contrário do que se imagina ou se sabe, um sabor, do que se podia ler de Torquato até agora, publicamente, são o esboço do que é qualquer exercício no sentido do esgotamento das forças a um começar, como tarefa política de um "por que escrevi".

Tal pergunta transitiva remete diretamente a uma proposição elaborada por Cesar Aira, escritor argentino, num pequeno ensaio que tem exatamente esse título. Ele lembra a relação da escritura com um conjunto de acasos e conjunções acidentais. E amplia o apontamento ao lembrar do quanto, agora, há "uma escassez extrema de bons escritores" [no caso "brasileiro", se há um "caso brasileiro", Paulo Leminski já anunciara esse dano desde 1986, no ensaio *História mal contada*: uma literatura de máquina fotográfica e sem dimensão inventiva. Basta ver o que se amplia hoje, como modelo, entre exclusividade e banalidade a partir de grandes editoras que publicam "os campeões"]. Aira afirma, categórico, que "um poeta não tem o direito de acreditar que a literatura seja a arte suprema", algo como reconhecer que na literatura não há nenhum poder, porque o mínimo diante dela é apenas "continuar vivo. Mesmo em más condições, doente, pobre, decrépito, ter sobrevivido aos fatos para dar testemunho". Seu exemplo é Paul Léautaud, escritor francês que, para ele, era dotado de uma vontade de verdade, obstinação militante e certa radicalidade distribuídas entre escrever, sentar numa poltrona para fumar e falar sozinho. Ou seja, "um prazer improdutivo e não-participativo".

A microscopia do conjunto desses poemas de Torquato Neto, que aparecem com fascínio e como fascinadores no bonito e inteligente posfácio de Thiago E., poeta arejado e expandido, nascido em Teresina, poderia também desaparecer sem nenhuma reconstrução: da figura à letra, da letra ao espectro, porque o mundo só se organiza minimamente se posto em linguagem. Daí, que Aira, pensando em Léautaud, diga que "há uma oscilação entre excessos, sem meios-termos, um jogo entre subtendido e mal-entendido. A linguagem que fala uma comunidade é um balbucio todo feito de subentendidos; e nem bem a linguagem se torna arte, nas mãos de um poeta (o *écrivain* barthesiano), ela se universaliza, pela radicalidade própria da arte, caindo no campo do mal-entendido, resultado inevitável da mais-valia de sentido, a transcendência etc. A prosa que tenho praticado, a de *écrivaint*, é mediadora do subtendido e do mal-entendido, e essa negociação é sua razão de ser." Ora, o genial pensamento de Aira não capitula em busca de uma gênese da literatura como arte suprema, mas sim lança o corpo em direção a um mal de origem para redefinir a ideia de documento; e isto não está longe do que Ana Cristina Cesar elaborou em seus pequenos ensaios reunidos em **Literatura não é documento**, dissertação de mestrado, e algo dos textos que aparecem em **Escritos do Rio** e **Escritos da Inglaterra.**

O jogo infenso entre subtendido e mal-entendido que já está em Charles Baudelaire, Nietzsche e, principalmente, no "caráter destrutivo" sugerido por Walter Benjamin, "como destruir a destruição", contra toda a fenomenologia burguesa, como a fofoca, por exemplo, não é apenas um sintoma de neurose, mas muito mais o que vem nas perguntas espectrais que deambulam da "por que escrevi": "por que ler" e "o que ler". Desdobrando, Cesar Aira deriva ainda uma terceira, uma *ne-uter*, "por que leio o que leio", e a concentra no percurso de uma cosmologia antiga entre as questões eternas do homem com o mundo, ou seja, as contingências históricas. Isto que, segundo ele, é a ausência aflitiva de uma leitura dos passados, nunca como retorno, mas como desvio [voltamos sempre a Walter Benjamin]; ausência presente, uma presença da falta, no que se categoriza cronologicamente como "literatura contemporânea": este fiasco, "este resíduo de eternidade a-histórica". E conclui que "o escritor, se conseguiu encontrar felicidade escrevendo, ao morrer leva o mundo consigo". Repare-se no gerúndio que anuncia um movimento [ação e gesto], "escrevendo", e mais ainda que a morte é um fecho, é quando o mundo acaba.

Pode-se tomar outra lembrança: Hélio Oiticica, numa carta de 11 de novembro de 1968 para artista visual Lygia Clark, naquele momento em Londres, apresenta a ela um jovem e amado amigo, Torquato Neto, então com 24 anos, e diz do quanto esse moço é impressionantemente livre, à deriva, severo e estudioso e que vem fazendo uns poemas em que *palavras e sinais se desintegram*; depois anota: "Uma coisa engraçada: Torquato gosta, em geral, de coisas que ninguém gosta". E em abril de 1973, numa temporada em New York, Torquato já morto [10 de novembro de 1972, aos 28 anos], Hélio volta a escrever acerca do quanto a força e a fúria, esses elementos que engendram um estado desintegrado da língua e do pensamento de Torquato, são um projétil em direção a nada, por isso, certamente, lembra de Antonin Artaud: "cura = veneno". Ainda mais quando há uma discussão inócua de que a literatura pode se lançar a uma facilidade rasa e simplória, galvanizada, de cura [importante lembrar que Gilles Deleuze — que também se matou, e aos 70 anos, num sem saídas da somatização que venceu a guerra do século 20 em torno de uma ideia de "acesso" —, já falara na radicalidade de *uma saúde*, mas nunca de *uma cura*]. Adiante, Hélio, nesse mesmo datiloscrito, lembra que Torquato "não era digno da mesa nem dos 'malditos' da nossa paupérrima 'casa grande', ?????, uma espécie de MIDNIGHT RAMBLER atrás da porta e do conforto desconfortável do contentismo suado".

É nessa desintegração, como um significante díspar, que Torquato se desequilibra e, por sua vez, assim, desintegra a linguagem em seus modos de uso e presença. Ele é um assombro que perambula em estado de circunstância política insubmissa, a *vagabundagem*, ou seja, vida livre e ecológica, sugerindo-a como um jogo de forças contra as inferências sistêmicas e industriais do capitalismo moderno, um ponto de insurgência, uma tomada de posição. Seu pensamento é uma espécie de imprevisto heteróclito, muito singular, que vai desde vestir-se de Nosferato num filme de Ivan Cardoso [**Nosferato no Brasil**, 1971], por exemplo, ou em optar por uma fotografia do rosto de Jean-Luc Godard — com a legenda "Poeta. Nunca teve medo de quebrar a cara." —, quando reclama, em sua coluna **Geleia Geral**, 14 de setembro, 1971, terça-feira, intitulada *Pessoal Intransferível*, qual a tarefa política para o poeta: "estar sempre a perigo sem medo, é inventar o perigo e estar sempre recriando dificuldades pelo menos maiores, é destruir a linguagem e explodir com ela", "quem não se arrisca não pode berrar" e, num matadouro, quem berra primeiro é o homem mesmo se for um boi. O poeta, para Torquato, é Godard, o cineasta francês que jamais aboliu a convulsão da luta de classes ao perceber que, muito mais, numa opressão da história, estamos diante da luta das imagens e com as imagens: recuperar, retratar e restituir exatamente quando a linguagem se inclina a fingir-se de morta imitando um inseto. Godard sempre reage, "faz filmes como quem não tem nada a perder", disse dele François Truffaut. Tudo o que foi pensado e escrito por Torquato vai num sentido sem direção, um desalinho, no mínimo, mas muito mais, como ele mesmo indicara, ou Hélio, para uma desintegração.

É a poeta Renata Flávia, das mais incríveis que se pode ler neste país, agora, ave raríssima, também nascida em Teresina, quem relata que só consegue ler Torquato como um sentido que se espalha para muito além do texto escrito, e tal e qual, reveja-se, como um assombro. Diz ainda que muito jovem estudava o cinema feito no Piauí influenciada por ele e que ali se cunhara a ideia do "espectro Torquato Neto", e confirma: "acho interessante demais, é uma existência que escapa à própria existência e se 'fantasmagoriza', passa a existir aos pouquinhos nos outros, na cidade." Depois, estica e diz que há um bairro de trabalhadores, pessoas pobres, um conjunto de pequenos prédios, muito marginalizado criado pelo programa *Minha casa, Minha vida*, que se chama Torquato Neto: "é como se o fantasma resmungasse a cidade". E completa: "Como a entrega dos apartamentos demorou, houve invasões, o bairro só ocupa a manchete dos jornais por ser tomado como perigoso, às escuras, abandonado; ao mesmo tempo Torquato Neto é também o nome do Campus principal da UESPI, onde fica a Reitoria. Duas pontas, paralelas, de uma mesma corda que amarra o espectro." Este espectro lido e apontado por Renata Flávia aparece nesse **O fato e a coisa** todo "menino" e se desenha numa leniência excessiva — "a marca do meu eu", "um menino ri", "menino veste o teu terno", "a distância que separa eu menino / de mim desesperado", "menino chato" etc. — tal como uma condenação.

Importante mesmo é redefinir o documento, nos lembra Cesar Aira, até porque "o escritor é póstumo por natureza" e "escrever é viver, simplesmente, sob a condição de se acreditar não ter vivido." E são esses os gestos que expandem Torquato Neto, *faca só lâmina*, de uma mesma guerra que ainda escorre de seu Piauí, do Nordeste desse país, até uma anulação de uma ideia de centro e, assim, de poder. Quando, por exemplo, curvados, se agradece a visita do vento que vem do sudeste para retirar o pó de um suposto desamparo, sem memória ou lembrança, numa espécie de instituição do mito, afinal se é pobre e se mora longe porque se mora num Piauí desmilinguido. Mas basta reparar-se em Torquato, lição por sua vez aprendida de Drummond, "melancólico / e vertical", impondo-se com toda a força furiosa do corpo e do pensamento para dizer que é um contra movimento ao mapa, ou às avessas ou apagado por completo, que se pode rearmar e rasgar o desenho, um Torres García mais severo e mais perto do *infraleve* de Marcel Duchamp e as máquinas celibatárias. "Por que escrevi", "por que ler", "o que ler" e "por que leio o que leio" são perguntas ativas que reconfiguram a distância, assim, longe mesmo é o muro sudestino quase sempre preconceituoso e bélico, feito de um protofascismo lânguido em direção aos gabirus que todos poderíamos ser, basta ver agora durante a apuração dos votos da eleição presidencial. De fato, cagam e andam a *qual-quer* que deste Nordeste venha e não lhes aceite pedir a benção ou lamber as botas, dar a volta em suas cabeças como moscas famintas. Se em 1963 Torquato anota que "o fato é oco", vá saber se depois não riscaria essa linha, já que foi um discípulo ancestral de Cesar Aira, para anotar que o único fato é o tempo que não há.

Revista Cult, 08 de novembro de 2022.

Katia Maciel: *slide*_____*s* e um corpo de água capaz de dançar

No último dia 20 de outubro, uma quarta-feira, a professora, artista visual e poeta Katia Maciel dança uma linda canção da banda inglesa The Smiths, *Ask*, diante do trabalho **Evil 27: Selma**, de 2011, do artista norte-americano Tony Cokes, instalado no Pavilhão da Bienal de São Paulo. Sabe-se que este trabalho parte de um "boicote ao ônibus Montgomery, um dos marcos do movimento para os direitos civis nos EUA em meados dos anos 1950, originado pela recusa de uma jovem afro-americana, Rosa Parks, a ceder seu lugar no ônibus a um homem branco. No vídeo, Cokes apresenta o texto *On Non-Visibility* [Sobre a não visibilidade], do coletivo Our Literal Speed — O.L.S.: *Muito provavelmente — conclui O.L.S. —, a não-visibilidade produzirá a visibilidade mais revolucionária de todas, e a gente não vai vê-la chegando.*" A canção da banda inglesa diz, em tradução livre, que "Se há algo que você gostaria de experimentar / Me pergunte, eu não vou dizer não, como poderia? / [...] / A natureza é uma linguagem, você não consegue ler? / A natureza é uma linguagem, alguém pode ler? / Então me pergunte, pergunte, pergunte / Porque se não é amor / Então é a bomba, a bomba, a bomba / [...]". Sabe-se também que Rosa foi presa por se negar a ceder o assento ao homem.

Por outro lado, a cena de Katia dançando diante do trabalho de Cokes é encantadora. Ela recupera pequenos gestos e movimentos do percurso rítmico que essas bandas inglesas do pós-punk imprimiam sobre a juventude nos anos 1980 e 90 e desliza leve, em voo, na *interfície* de um salão inventado por ela, para ela e para quem mais chegar. É um baile às avessas que se figura num dia frio, aparentemente, porque ela veste calças, casaco, meias e sapatos escuros e ainda usa a máscara no rosto que nos protege de todo o mal, amém. É possível lembrar de Mark Peranson escrevendo sobre o cinema de Pedro Costa e dizendo do quanto podemos dividir o nosso triste mundo, este, o único que temos e que nós mesmos criamos, "entre as pessoas que gostam mesmo de música e as que ficam mais pobres". Peranson relata que ouviu de Pedro Costa, algumas vezes que, antes de começar a pensar em cinema, ele gostava era de música. Nada como a inferência de anterioridade do *The Clash* ou da lindeza de *Young Marble Giants* nos filmes de Pedro Costa, tal como estes últimos, por exemplo, em *Juventude em Marcha*, ou seja, *Colossal Youth.*

Katia tem um percurso muito interessante, abrangente e aberto. E isto inclui uma estratégia intuitiva, logo, do corpo, um corpo capaz de dançar, o que certamente vem de artistas que lhe interessam tanto, como Letícia Parente [1930-1991] ou o professor de estudos da performance na NYU e poeta, o norte-americano Fred Moten [1962]. Professora e pesquisadora da ECO, na Universidade Federal do Rio de Janeiro, UFRJ, com uma pesquisa que se move em torno de uma ideia de "cinema expandido" que comparece em trabalhos de artistas visuais desde Hélio Oiticica com os jogos de "um cinema palpável" até Solon Ribeiro com a remontagem física de fotogramas recortados. Em 2020 ela publica **A ideia de cinema na arte contemporânea brasileira** [Editora Circuito], livro em que procura traçar um panorama atravessado por alguns trabalhos, pensamentos e artistas que se lançam a um prisma de experimentação da imagem. Antes, como exemplo dessa expansão de sentidos, organizou uma pequena série de leituras de poemas, feitas por mulheres, nos escombros do antigo Cassino da Urca, no Rio de Janeiro, em 2017, dentro da exposição **A invenção da praia: cassino**, sob a curadoria de Paula Alzugaray: noites impressionantemente fortes porque as leituras partiam de um buraco no chão e ricocheteavam nos restos de parede e teto que a velha construção ainda mantém firmes. Em seguida, Katia organizou um livro, **Alto Mar** [7Letras], com os poemas que foram lidos ali, quase 30 mulheres, e uma pertinência de expansão de uma imagem recorrente, a linha do mar, a divisão reta e inventada para que se possa ler a terra, o horizonte, e a palavra *mar*, essa borda, esse desperdício de litoral e encontro entre água e areia.

Isso já diz muito da trajetória de Katia Maciel como artista visual. Ela montou uma série de trabalhos que parte exatamente dessa linha imaginada entre terra e água, basta uma reparação detalhada em algo do que ela fez. Coisas como o *ready-made* reconfigurado de Marcel Duchamp, *The Bicycle Wheel* [1913], em **Rio Ready-Made** [2006], um vídeo em *loop* em que se vê o monumento turístico-paisagístico da cidade do Rio de Janeiro, o Pão-de-Açúcar, através do giro infinito de uma roda de bicicleta; repare-se que o monumento praticamente não existe como experiência para uma imensa maioria da população da cidade; o trabalho **Mareando** [2007] que expõe uma suspensão entre figura e fundo, imobilidade e movimento imprevisto, hábito e acidente; ou, por fim, ainda como exemplo, **Suspense** [2013], duas árvores na floresta do Parque Nacional da Serra dos Órgãos, dois pedaços de cordas e Katia usando o próprio corpo para redesenhar uma ideia de rede ou, sem forçar muito a barra, das máquinas de tortura da idade média: *tripalium*, termo que também deu origem ao nome e noção de "trabalho", e *balcão*; em ambas se prendia pés e mãos da vítima que eram esticados até a agonia da dor e, antes da morte, quando esses membros muitas vezes eram arrancados do tronco.

Os livros de poemas de Katia conversam, assim, com toda a relação que ela tem com as artes visuais, com o cinema expandido, com a imagem e, principalmente, com a força que ela consegue lançar de seu corpo em direção também à construção da linha, como frase impressa, na superfície da página. Basta um poema que se espalha, linha única na página, de seu segundo livro, **Repetir** [+2 e Circuito,

2015]: "a vida rarefeita pelas escolhas que não fazemos". E se esse é o sentido da imagem, para a imagem, com a imagem, como uma potência, um *in-potens*, uma rarefação da vida entre escolha e fazer, ou seja, outra vez, acidente e hábito, o traço da poesia de Katia é praticamente o de uma cinematografia invisível — afirmativas e perguntas — da paisagem entre corpo, mundo natural e vida artificial: **Trailer** [7Letras, 2017] e **Plantio** [7Letras, 2019]. Neste último lê-se o poema *variações sobre o horizonte*, que indica, rápido, o jogo que vem: "horizonte não é uma linha não é curvo não é distância não é / terra não é céu não é mar // horizonte é linha curva da distância na terra do céu no mar". Logo se vê o desamparo da anotação, tanto quanto o desamparo do corpo, num modo de ler que é o de um corpo de água que pode ser consumido e consumado a qualquer *nano* segundo e sem nenhuma circunstância de recuperação. É no limite da paisagem que Katia trabalha, pensa, imagina, projeta seus vídeos-instalação e, mais recentemente, tem escrito os seus textos-anotação-poema.

Neste ano publicou **slide_____s** [7Letras], com esse livro retoma o projeto da capa em cor única, agora rosa, vá saber se já previa encontrar-se com o trabalho de Tony Cokes, diante dele dançar *Ask* para Rosa Parks, fazer uma festa e prestar uma oração a qualquer deusa ou deus que só pode haver se também capaz de dançar. E mesmo que esse livro ainda traga a graça engenhosa do gesto emprenhado entre o 'kitsch', o 'ready-made', o chiste e a blague — como se pode ler em *harsay*: "ouvir dizer / prova quase / tudo / com nada" —, Katia agora provoca também um estudo cada vez mais intenso em direção à linha do poema com o poema, devorar o poema até que a rarefação que elabora da mancha de tinta impressa na página se recomponha com força: "palavra nenhuma fica no lugar", "aos cortes / em cada objeto ao vivo", "livros nem sempre alcançam a porta" e, principalmente, "toda arqueologia é feita de água". E se é esse o vórtice, é porque o gesto de Katia Maciel já toca um lance em espiral, o que tende ao infinito do sentido, quando mais do que escrever, apenas, o poema enfrenta a dilação vertiginosa da palavra, da frase, agora numa inscrição da terra sem rio ou vento, inferno de uma *arché* desmesurada: inscrição e "rio seco" sem "milagres ou anúncios". Importante lembrar do pequeno e forte ensaio do filósofo italiano Giorgio Agamben, *Vórtices*, quando comenta acerca do "movimento arquetípico da água em espiral" e lembra Walter Benjamin em torno de uma ideia da *origem*, quando esta não é uma categoria puramente lógica, mas histórica.

Katia Maciel, agora, com este **slide_____s**, num outro deslocamento de previsão, parece perceber o *a priori* histórico, sem o esgotamento frágil de algum devir, de como e quando um ser pode se apresentar, arqueologicamente, nos extremos da água e da terra, como uma aventura nomeada e, enquanto nomeada, a que chama, convida e convoca. Num fragmento do poema *rarefeito* ela anota: "alguém disse? / alguém disse / nada? / talvez assim seja / oferecer o rosto / a sujeira nos olhos / a ventania / em toda a guerra / o amor é o vento". Atingir um ponto de queda ou de pressão do movimento infinito da espiral — redemoinho, onda, correnteza, espuma etc. — quando no nome ainda não dizemos, nada. Tanto que Agamben comenta que poeta é quem imerge nesse vórtice em que tudo se torna de novo nome. Ou seja, anotar o poema como um pensamento esgarçado da imagem de "uma fotografia inexistente" e de que "no olho aéreo nada se move". Por fim, noutro fragmento, agora do último poema do livro, *floresta*, "a natureza é uma linguagem", Katia reabre o jogo, como um *ritornelo*, de um corpo de água capaz de dançar repetidas vezes — esforço leve e sibilino de vínculo — que salta de uma série diferida: "a água é escura / a terra é escura / a caça é escura / o ovo é escuro / o pé não sabe onde pisa / não sabe que é pé / não finca não solta / não dura não resta / oco o lodo / o fundo o mundo."

Revista Cult, 27 de outubro de 2021.

Ana Estaregui e Gabriela Perigo: dança, corpos e *gesta*

"Eis a semente de tudo, o sentido de todas as coisas. Você nunca sabe quem, nesse exato momento, pode estar pensando em matar você. Use isso como título da entrevista, se quiser: Estamos todos em perigo".

[**PIER PAOLO PASOLINI**]

A frase seminal de Pier Paolo Pasolini — "Estamos todos em perigo" — dita em sua última entrevista, a Furio Colombo, poucas horas antes de ser assassinado, vem em meio a uma circunstância desesperada e desesperadora, tal como já dissera em meio a uma ideia de um "vazio do poder" que a imagem dos vagalumes não projeta nenhuma esperança, mas sim o *ab-sens* [a presença-ausente] de uma denúncia severa do que é, definitivamente, o capitalismo narcótico. Na mesma entrevista lembra que, "de alguma maneira, todos somos fracos, porque todos somos vítimas. E todos somos culpados, porque todos estamos dispostos a jogar esse jogo assassino da possessão. Todos aprendemos a ter, possuir e destruir." A lista é imensa e estamos submersos nesse "perigo imediato" impresso em nossos corpos de uma biopolítica banalizada e banalizadora de qualquer ideia de vida sem nenhum impossível.

Num poema de 3 linhas, *achar*, publicado no pequeno e forte **estou viva** [7Letras, 2020], Gabriela Perigo, que ainda assinava Faccioli, escreve: "tem alguma coisa atrás do verbo. / como o cão atrás do próprio rabo, / a palavra é ferramenta e enigma, um corpo vivo." Este é o jogo de empenho, com os prismas do que é e do quanto se lança em vida a um corpo, com um corpo, para enfrentar o que agora, desde aí, passa a ser também nome: *perigo*. No mesmo livrinho, em *carta pro pai*, anota que "nascemos no capitalismo". Anotações que podem nos levar, de algum modo, ao livro que fizera anos antes, todo à mão [cola, linha de costura e caligrafia], entre uma "fome do mundo" e "camadas de um corpo vivo", apontamentos inseguros para uma dissipação insolente, talvez perseguindo a de Drummond, "escrevo, dissipo", que se configura no livro recente, **a saga** [Garupa, 2022]. Gabriela tem formação em geografia, passeia em estudos pelas artes visuais e se engendra numa cilada: "escrever recados", anota.

Num outro movimento, Ana Estaregui, com formação em artes visuais e dois livros anteriores, **Chá de Jasmin** [Patuá, 2014] e o impressionante e diferente **Coração de boi** [7Letras, 2016], publica agora **Dança para cavalos** [Luna Parque / Fósforo, 2022], atravessando um redesenho de escrever sobre o fogo e tocar as mãos o mais perto possível da coragem. A procura por uma palavra orgânica, primitiva, díspar, que não reproduza a reprodução constante de certas repetições, sempre absolutamente mímicas, para inferir "matéria sólida", "seiva e um pouco de ar", "movimento sutil" e "oscilação inaudível" já está quando escreve em **Coração de boi**, num trecho, que "todo poema é um chão / feito não para helicópteros / mas para alguns tipos de insetos e pombos / todo poema marsupial, carrega um poema novo / no bojo da própria barriga". Um desejo abrangente, e muito explícito, de uma política livre à qualquer móbile de re-habitação, sem residir, que possa refazer a presença humana frente às imposições do narco-capitalismo e da esquizofrenia maquínica que, reiteradamente, nos impõe a paralisia robótica sem nenhum UM OUTRO, parados e enfiados sempre em um violento e egóico SI MESMO, este perigo da posse constante. Muito jovens — Gabriela é de 1995, Ana nasceu em 1987 —, pode-se ler no pequeno percurso de trabalho de cada uma o que há de *gesta* e, ao mesmo tempo, de articulação heterogênea ao que se imagina como um "meio" entre as imagens e a letra e a expropriação teológica da condição de mulher, da mulher, numa esferologia cultural hedionda, porque toda construída como machinha, machista, patriarcal, imperiosa e cretina, muito própria dos paradoxos deterministas do dinheiro e da posse. Outras coreografias, mas sem precisão de lugar, de "ter" um lugar'; muito mais a procura ininterrupta de um corpo.

Esse **A saga**, de Gabriela, é um arremesso ao cotidiano de um país lacerado e doente em sua dimensão mais espúria, "trama louca" e "o brasil é uma península umbilical", fincado numa América Latina sem nada parecido com algum Guamán Poma — uma aparição do milagre em um poema do livro —, homem de ascendência inca que sonhava um continente impossível, indícios de dignidade, "entre a revolução e a desesperança total". Assim como no poema *americano acha mensagem lançada ao mar*, anunciando que quando Tyler Ivanoff acha uma mensagem perdida de um capitão de navio russo, Anatolii Prokofievich Botsanenko, diz-se também um pesadelo real de que "a guerra fria não acabou / ela segue se espalhando pelas beiradas do mundo / perdida e refeita em bocas confusas". O ponto de Hamlet reconfigurado: o mundo está fora dos eixos. E é exatamente a partir do poema que relembra Guamán Poma que o livro se reabre numa proposição de um corpo capaz de "dançar as ruas escuras" e avança num confronto a todo e qualquer perigo imediato. Num poema-anotação, sem título, escreve: "fomos avisados / da indiferença / que corrói chuveiros / elétricos / sistemas de som / só que apostamos / mais alto / e seguimos bravos / dançando / a passarela azeda / até não dar pé / até as roupas / ficarem pó". Esta dança breve e corajosa anuncia as duas linhas que podem ser lidas como as mais fortes do livro, duas páginas depois: "perder / o futuro pelas mãos".

Ana, em seu **Dança para cavalos**, tentando uma "lição de árvores / continuar / envergando a haste / até o sol", inferindo uma luta pela natureza daquilo que um dia ainda poderíamos ter sido, presente-futuro, sugere caminhar. Se numa oficialização da desobediência, ou seja, obedecer cegamente, caminhar é o que se emprenha de vagabundagem em tudo aquilo que nesta é corte, interrupção e interdição dos modos de vida provocados pela mutação antropológica do capital: o consumo. Lê-se aí a imagem de Henry Thoreau, entre Walden e a caminhada, não como um recuo, mas uma recusa; quando recusar, sabemos, ainda não é uma renúncia: "uma aventura diária". Nessa dança, caminhar é como já anotara Paulo Leminski, "só sei pensar andando"; um esforço para "aprender a pensar / como pensa uma flor / *abrir* / ninguém sabe melhor / pensar como pensa um rio", estas são as primeiras linhas do livro. As metamorfoses da vida vegetal e natural em um caráter humano a, ao mesmo tempo, de algum caráter humano numa impossibilidade natural, ou apenas num jogo de empréstimos, move os textos a uma espécie de "ar livre" quando quase nada se explica, nem mesmo a palavra esperança, que vem de "spe", expandir, e do latim "spes", espera, aguardo, porque ela está vazia de tudo. A dança deste livro de Ana pode ser também uma aproximação aos cavalos de Patti Smith, corpos amigos e livres, e a força política de "parir", verbo que apresenta a composição partilhada de uma comunidade de mulheres como aquela imaginada por Emília Freitas em 1889, no sertão do Ceará: uma comunidade secreta de mulheres, ou seja, *heliotropismo*, recrutadas a partir de cotidianos de sofrimento e penúria, para a organização de um campo de luta — *parir* — contra as imposições da sociedade patriarcal e sua atmosfera de chumbo. Daí, quase tocando um Alberto Caeiro impensado, anota: "não posso explicar o vento / não sei dizer como a coisa é / sem traí-la / tudo é impossível se tentarmos / apreender com as mãos / e a cabeça."

Diante desses tempos de instantes anódinos e afásicos, quando quase todo poema é literal e material, quando quase nada no poema se descose, se despe, o que Jacques Derrida reclamava ao lembrar que "descoser é também despir, por a descoberto o corpo sob a superfície ou a superfície da pele sob a veste, ou a carne sob a pele. Sob um ato de guerra, descoser ainda pode salvar a verdade, a verdade do corpo.", importante, talvez, não mais uma ideia de costura com estes remendos da violência fascista: "é preciso, é necessário, deve, tem que, empatia, tolerância etc.", mas de farrapo, molambo, rasgadura de todo corpo, de toda carne, esfarrapar a palavra até que ela possa vir sem gramática imperativa, livre, contra todo ato de guerra ou de paz. Uma palavra mais antipática, menos tolerante, porque se "estamos todos em perigo", como dizia sereno Pasolini — e "nenhuma tolerância é real" —, muito se deve às palavras vazias e mímicas do capitalismo narcótico. Os livros de Ana Estaregui e Gabriela Perigo nos apresentam uma *gesta*, senso e não-senso, o que ainda pode ser *fora do senso*; alguma "fome extrema" que, como dizia Herberto Helder, é fêmea.

Revista Cult, 28 de junho de 2022.

Amora Pêra, Thiago E.: botes, gatos e outros modos

Y arriba tapadas de nubes
se iban abriendo las largas playas
[RAÚL ZURITA]

O filósofo argelino Jacques Derrida, nascido em El Biar, anota a partir da ideia de *uma memória de cegos* que uma inscrição da memória vem como um evento para dar graças. Diz ele que "observar a lei para além da vista, ordenar a verdade à dívida, dar graças ao dom e à falta, ao devido, à falha do é preciso [*il faut*]: do é preciso ver [*il faut voir*], de um resta ver [*il reste à voir*] conota ao mesmo tempo a superabundância e a fraqueza do visível, o demasiado e o demasiado pouco, o excesso e a falência." O poema, assim, passa a ser uma observação e uma ética: aquilo que é para "tomar uma satisfação" [como está num pequeno poema de Horácio Dídimo, *O pássaro*], porque toda ética é também uma falta, e é porque ela está sempre em falta que ela é exatamente justa. O poeta Michel Deguy reelabora esta questão, outros modos, ao comentar uma tradução de uma linha de Hölderlin, de 1808, no poema *Andenken* [Memória]: "*Was Bleibet aber, stiften die Dichter.*" — "*Mas o que permanece, os poetas o fundam*". Ao preferir, numa virtualização da linha, "Os restos, a arte os reexpõe" e, ainda, "Aquilo, os poetas o reexpõem".

O poema é uma "experiência compatível" porque vem como "uma arqueologia incansável do pensamento": DIZER. Para Michel

Deguy só nos resta dizer, o poema é um *Dichtung* [tal como apresenta Heidegger]: um *dizer*, um *ter a dizer*, um *dizer aquilo que resta*, dizer o nosso horror porque *toda obra de arte é feita de horror*. Como preferia Joaquim Cardozo, engenheiro calculista e poeta assombroso, exatamente numa justa, numa luta ética, sempre em perspectiva oscilante e ambivalente, bipolar, quando escrever não tem importância alguma: DIZER é compor um volume vazio, tocar o ponto furo da imagem em seu volume no vazio intangível, dizer é não abrir mão da responsabilidade ética de dizer, tomar posição, uma existência. O que se pode tomar do poema, como uma emergência e uma exigência, é que se equilibre entre um pensamento radical, se impossível, ou que ele parta pra porrada, de vez. E aí, essa raspa maneirista dedicada à vivência, sem o rasgo insano da experiência dos dias — corte, ferida aberta e sem cicatrização — e que se banha de lirismo pessoalizado, anotações da biografia do umbigo, esta fadiga, não passa de mera indiferença e frieza ao mundo que, moribundo, não cessa de morrer. Tal como anota Catherine Malabou: um novo ser, o de agora, é, patologicamente, apenas plasticidade destrutiva, vala aberta pela biografia, figura inédita de vazio e sem tragédia. Espécie de Gregor Samsa, inseto bosteiro, sem fome de vida, sem raiva, sem desejo de nada.

Nesse espaço genealogicamente vazio, quando a esperança é quase uma peste psíquica, um *modo* e *outros modos*, como pensava Spinoza, entre consciência e sensibilidade, persiga-se o poema de Amora Pêra, como está em seu livro recente, **Bote** [Dantes], e o de Thiago E., **os gatos quando os dias passam** [7 Letras], por exemplo. Amora e Thiago também vêm do plano da canção: ela com seu disco **Adúpé**, que é um "muito obrigado" plural em iorubá, Thiago com suas participações na banda **Validuaté**, da qual fez parte durante um tempo. Ela com uma pequena série de livros que conversam também com as figurações do animal, como **Quando a cavala deita** [Cartoneira Caraatapa, 2013] e **Como tombar um paquiderme** [Bem-te-li, 2019); ele com poemas enfiados no seu **Cabeça de sol em cima do trem**

[Corsário, 2013], como o impressionante e breve *Peixe francês*, um vórtice espiralado que monta e remonta uma pergunta sem saídas: "será que existem maiores máguas". Ler, ao mesmo tempo, poetas que se aproximam em certos sentidos, mas que, de fato, são imensamente díspares, pode provocar uma saliência às noções de linha, plano, corpo, política etc.

Thiago E., nascido em Teresina, no Piauí, monta este livro em torno da figura felina do gato numa experiência de observação construída, inventada, toda artificial. Importante lembrar de Charles Bernstein, poeta americano que, a certa altura, disse que é muito importante que se possa, ainda, nesses instantes de agora, tocar alguma poesia, mesmo que artificial. E é a partir dessa natureza repensada, entre fome de vida e gozo, que a presença supostamente humana diverge da delicadeza dos gatos, que nunca se deixam domesticar e que habitam uma metafísica surpreendente como a de que têm 7 ou 9 vidas. Há um reconhecimento amoroso nesse convívio, vínculo e fúria, nos poemas e fotografias que Thiago fez questão de imaginar como uma composição: imagens de ânsia, medo, nervo, tristeza, calma, caminho, planta, baba, rachadura, parede, cheiro etc. que nunca estão nos gatos, porque nunca sabemos do que um gato é capaz quando nos olhos profundamente os olhos, apenas, cretinos que somos, passamos a delirar um código de enlace e comunicação que não há, nem haverá nunca: "somente loucos falam com paredes / ninguém escuta a dor das rachaduras".

Thiago E. é um poeta que conhece a forma, como ninguém [rejeite-se aí a ignorância poética de boa parte da produção que se dilata como "contemporânea", logo, instintivamente conservadora e tola], e é com esta pequena ciência imprestável que ele joga [leia-se aí o poema *Jogo*, uma quadratura desenhada que lembra a intuição de Joaquim Cardozo em *Poema para uma voz e quatro microfones*], para indicar o "animal comum que sou". Tanto que há uma série encantada de haicais espalhados pelo livro, traçando o percurso de um Bashô com gatos e sem perder de vista o que se fez com esse brinquedo — como Paulo Leminski ou Wilson Bueno — na poesia brasileira mais inteligente: "sem conhecer a árvore / a criança diz que a gata / subiu no pé-de-pau" e "três gatos na rua / bebem do cano quebrado: / bê-erre-ó bró". Além da habilidade com esta pequena forma e com a construção das imagens, há aí também o uso de expressões que são o gesto de um "onde está", arqueologia de terra e mundo que imprimem noções de região, território, paisagem, lugar. E poemas mais longos, como *elurofilia*, este carinho intenso e extremo por gatos, que só sabe quem se lança ao vínculo do animal para que, como um *res a missa*, quiçá, possa tocar a retratação de nossa animalidade perdida e engolida por um caráter civilizatório recheado de medo: o medo do bicho é, certamente, a nossa maior falência. E o belíssimo e forte *a casa construída com maíra* que recupera desde o papa Gregório IX que associou felinos às bruxas até os cultos pagãos e a invasão violenta das cidades que construímos à revelia de tudo e que deixaram os gatos à míngua, sem selva: "quanta gente enganada pela fuligem / repete não gostar de gatos, sem ciência?" e "dormindo sob as plantas o que as gatas sonham? / a folha do imbé é um coração comprido".

Na outra ponta, sem ata, o livro de Amora Pêra remete ao empenho da vida, desde a epígrafe de João Cabral, de **Morte e vida severina** — "é difícil defender, / só com palavras, a vida, / ainda mais quando ela é / esta que se vê, Severina..." — e das gravuras de Guga Ferraz, além de nos lembrar que estamos, habitamos e moramos em território indígena que nunca nos foi cedido, mas sim arrancado desses cosmogônicos primitivos. **Bote** pode ser lido como uma embarcação, heterotopia incansável, salva vidas etc., mas também como um verbo que tem muito mais uso na região nordeste do Brasil, tanto como transitividade que faz perder o fio, a ponta; quanto arrombar, abrir com força e, ainda, colocar, deixar ao lado, dispor. Essa abertura de intensidades do livro de Amora, uma disposição, nunca uma exposição, tem a ver com uma tomada de posição, um caráter, muito forte em direção às perspectivas que, em todos os poemas, se desenham página a página. Num salto, em *parêntesis para zurita*, dedicado ao poeta chileno Raúl Zurita, preso e torturado pelo regime totalitário de Pinochet, ela diz da inscrição da coragem na carne, do esforço da areia até a memória, "hasta que explote / el poder". E aí está todo o movimento não só deste livro de Amora, agora, mas de todo o seu trabalho: explodir com qualquer ideia de poder, venha de onde vier, venha como vier, porque sabe que o poder é um só. Algumas canções de **Adúpé** já removem esta pertinência, como *Belong*, que é talvez a mais bonita do disco, ou *Canto cigano de uma longa noite de trabalho*, uma inferência expandida entre povo, língua, terra e despossessão.

Amora é carioca, mas carrega consigo laços impetuosos da região nordeste, e isto aparece no canto, na música, nos poemas. Principalmente, numa memória de quem carrega no corpo a cigania do corpo que é, livre e por dentro, sem meia palavra, sem meio espaço, sem meio tempo, sem desconfiança ou desconversa. A impressão, texto impresso, tinta e mancha, é a de que não está para brincadeira, todo o gesto de seu trabalho é muito à sério. E aí esta o lance: diante do trabalho de Amora Pêra estamos diante da porrada. Como ela mesma anota, não à toa, num poema que se intitula, ironicamente, *à meia tarde*: "rumo avesso à experiência babélica / corro pra janela e grito:". Daí, as imagens que giram e se engendram em torno da mulher, dos quilombos, da liberdade, da dignidade etc., como está no lindo e longo poema *tia netinha*: "desde toda a sua liberdade". Mas é praticamente no meio do livro que está um poema de página, bilíngue, em espanhol e português, que lacera o jogo de Amora entre encanto e aniquilamento, mar e mãe, orixás, tambor e errância e tantas outras imagens que vêm, quando "el corazón es un perro", "y con dientes / late". No poema, na versão em espanhol, ela inscreve: "*el hijo de la puta* / sabe de donde há brotado / y en su inolvidable ruta / conoce el caminho del venir / ve desde adentro su primero cielo / moldurado / conoce regado la linda carretera infinita / y no temerá / la concha de su madre // no hay fuerza más grande que de la embocadura / liberal de mamá / la goma roja / y sus muelas blanco amarilleadas / de maxilar elástico // el hijo de la dada / por paso drástico inaugural / pasa los labios / que no les regalará eufemismos / que no sea puerto o puerta / y toda la vida volverá pallí // el placer es placer / pero puede ser trabajo / y también duele mucho / pero también hace nascer carajo".

O poema — se um animal que ri, àqueles que dispõem de coragem e se dispõem a reexpor o que resta, como um dizer, e dizer no talo quando dizer não é meramente falar ["verás el hambre / verás un país de sed / verás cielos en fuga", anota Raúl Zurita] e quando não há medo para enfrentar o bicho, o animal, este espectro que imaginamos domesticar, obrigados que somos a partir da violência da lei e por causa das imposições da única e absoluta ideia civilizatória que criamos — talvez acolha nossa ignorância de que tudo sabemos, Teseu resgatado. Ou, noutro impasse, Perithous, que Hércules não conseguiu resgatar, e ficou lá, no subterrâneo profundo, esquecido de si mesmo. Amora Pêra e Thiago E., *outros modos, outros modos*, nos lembram que o debate, cada vez mais, se com o corpo disposto e reexposto, neste país e nestes tempos de agora, tem a ver com dignidade.

Revista Cult, 11 de janeiro de 2022.

Carlos Augusto Lima e Jean-Luc Godard: uma conspiração para o desperdício

"Quem tiver alguma coisa a dizer, avance e fique calado."

[KARL KRAUS]

No prefácio a um livro de André Bazin em torno de Carlitos, **Charles Chaplin** [1972], François Truffaut lembra de Jean-Luc Godard e diz que este filma cheio de desesperança e de uma energia de quem nada tem a perder. Quando faz **O acossado** [1960], por exemplo, não tinha um tostão no bolso: "estava mais desamparado que o personagem que filmava", era a vida de Michel Poiccard em jogo, tanto quanto a sua. Noutra ponta, no mesmo ano, Torquato Neto, desamparado no inferno de uma ditadura militar, aos 28 anos, abre a torneira do gás do banheiro até sufocar. Antes, na coluna **Geleia Geral** de 4 de setembro de 1971, *Pessoal intransferível*, escreve que "um poeta não se faz com versos" e convoca a um abismo de risco, de perigo, sem medo, para destruir a linguagem e explodir com ela: "quem não se arrisca não pode berrar. Citação: leve um homem e um boi ao matadouro. O que berrar mais na hora do perigo é o homem nem que seja o boi." A foto que ilustra o texto é de Godard, óculos escuros, com uma legenda precisa: "Godard. Poeta. Nunca teve medo de quebrar a cara." E isto vai de encontro ao elemento de celebração da banalidade num palco imenso e luminoso, o SALÃO, como espetáculo de uma linguagem vazia, a cena sorridente, mestres de cerimônia, senhoras e senhores de tudo, algo como o que diz Silvina Rodrigues Lopes: "Admitir, o que vem sendo comum nos últimos tempos, que seja natural que o escritor assuma funções de animador cultural ou difusor de moralidade e opiniões é rasurar a distância entre o que funda o nosso habitar e a estreiteza social que garante a sobrevivência."

Um ano depois, em 1973, em Fortaleza, no Ceará, nasce Carlos Augusto Lima, filho de uma professora primária negra com um babalaô branco de olhos claros, e que muitos anos depois publicaria o genial **Vinte e sete de janeiro** [Lumme, 2008], seminal data aquariana, e é neste pequeno objeto singular que aparece a figuração de uma lâmpada, num orientalismo, "lâmpadas / chinesas. santos da cristandade", numa espécie de "voz rápida e pobre", "objeto de cerco", "furor de suspeita". Carlos havia lançado pequenas palavras — "letras no branco" — em mínimos sentidos de guerrilha desamparada, figurante, numa plaqueta, **Objetos** [Alpharrabio, 2002], oito peças intocáveis numa deliberação para o infinito, porém vertical; depois, **Manual de acrobacias n.1** [Editora da casa, 2009], um mesmo poema repetido 72 vezes, síncope e variação invisível que alarga a deriva de tantas perguntas, nenhuma resposta e, ao mesmo tempo, a desmontagem serena da sintomatologia egóica para a dedicatória: o poema fora dedicado a muitos, logo, a ninguém; em 2010 [Alpharrabio], **O livro da espera**, plaqueta com 2 poemas à espera da conversa com algum amigo que não vem; e coisas impensadas como os carimbos de **O motociclista do globo da morte**, a plaqueta **A medida da luz** e o belíssimo e raro **O livro de Carolina** [7Letras, 2019], quando um nome, em si, nada pode salvar nem muito menos é a tolice insistente do significado ou de um enunciado.

Numa composição, foram publicados recentemente, juntos, numa mesma caixa, Jean-Luc Godard, primeira edição brasileira do texto de **História[s] do cinema**, filme de 1988, com tradução de Zéfero, e Carlos Augusto Lima, uma plaqueta, **Robert Cornelius,**

fabricante de lâmpadas, vê alguém. O projeto, muito interessante, é das editoras Fósforo e Luna Parque, um *Círculo de poemas* mensal em que se projetam essas transparências. Em que pese aí, imediatamente, a ideia de uma hierarquia, livro e plaqueta, se assim fosse, a mesma ideia se desfaz na força daquilo que vem, e aí, sem dimensão imediata, mas lenta, está o jogo. Isto nos remete, de alguma maneira, ao que disse Harun Farocki lembrando um pensamento de Godard: *levar o cinema onde ele não há.* Ampliando, num passeio deliberado pelo trabalho de Carlos, o que se tem é, com risco, levar o poema até onde ele não há. Num contraponto, tanto em um, quanto em outro, a cada modo, apagar o filme, apagar o poema. Por isso, talvez, apontar que nessa construção de **História[s] do cinema** há um filme ou um poema — ou como um Hamlet segurando o espectro de uma cabeça que já era, a coisa invisível, não falante, espectro cadente, que não nos olha nem nos vê —, é uma leitura convicta, logo, sem luta, de seguir o que gira em torno da cabeça, dentro da cabeça, antes do desajuste entre o "mais de um" e o "menos de um". O que se lê, tanto em Godard, no filme de 1988 e no texto que vem, quanto em Carlos, em seus livros espectrais, memórias de um futuro presente, é o quanto "o mundo está fora dos eixos" desde sempre. Assim, nem poema, nem filme, nem nada.

Essa coisa-espectro, junção e disjunção, está figurada tanto no escuro, a sala escura, a tela escura para derrotar a luz, lidos por Godard, quanto na lâmpada, elemento técnico para a claridade da visão, encandear-se, lida por Carlos. Godard traça o dilema europeu de um pensamento de longa tradição francesa, como na oposição frágil entre selvageria e civilização, algo tocado por uma perspectiva do cinema italiano, Rosselini e **Roma, città aperta** até Visconti e Antonioni etc., por exemplo, e o filme definitivamente sacado como mercadoria, indústria da morte, matéria visível, um chamado para queimar os filmes e ler, assim, uma matéria fantasma, quando o problema do cinema, desde então, não é a mais a falência do ponto de vista; falência também que é ou seria a da literatura, a do poema;

mas sim por que começar ou até quando terminar os pontos de insurgência que derivam de uma origem, *arché*, ou seja, também de um comando. Carlos, sem tradição alguma como prestação de contas, cercado de sertão, brisa marinha e paisagem de miséria visível, nem "faca só lâmina" nem "vamos embora pro Nordeste" [os filhos das oligarquias], arrasta uma ciência de descoberta entre erudita e toda selvageria, uma "lista de desejos" que toca, apenas e infinitamente, aos "monstruosos consumidores da luz". Robert Cornelius, "químico amador, fabricante de lâmpadas, morador da Filadélfia" que, em 1839, fotografa a si mesmo e anota no verso da imagem: "a primeira foto luminosa jamais tirada".

O gesto de Cornelius, sobremaneira, se contrapõe não só ao imenso aparato moderno do autorretrato, de Rembrandt a Cézanne, de Renoir a Van Gogh, mas também se lança contrário à ideia de que estamos, sorridentes, vazios, diante de uma "selfie", este fecho sem espírito livre muito próprio dos "consumidores da luz". Aí se demora, e mora, o apontamento de risco, no que Godard imagina fazer e no que Carlos, desafiando Godard, projeta: *ver-se, vendo*; mas apagando-se até o limite daquilo que não é, habitar sem residir, sem confinar-se. Carolina Machado, que tem um severo trabalho crítico entre Godard e Herberto Helder, no prelo, lembra que é importante reparar que Godard ainda faz, 10 anos depois, uma ampliada continuação de **História[s] do cinema**, em **JLG/JLG, autorretrato de dezembro** [1998], texto e filme construídos dentro de casa, como abertura, que oscilam entre política, arte e biografema, quando se volta não apenas à linhagem do autorretrato na cultura europeia, mas também a uma circulação do pensamento na história, memória de cegos, a filosofia da ruína de um mundo real e se a Europa, desde Dostoiévski, está condenada à morte etc. O que Carlos compõe em **Vinte e sete de janeiro**, data que é ao mesmo tempo corpo e morada, quando o espaço primitivo derrota o calendário e não é possível desenhar, pintar ou imaginar nenhum rosto: o que sem tem é a presença-ausente de ninguém, nem quem diz, nem a quem se diz, nem muito menos o que dizer. O lixo, as crianças miseráveis, um consulado perdido, criaturas submarinas, a língua manchada, o mar que toma a casa, um mercado sujo, nem judeus, nem árabes, nenhum arquiteto húngaro, desaparecimento dos nomes da mãe e do pai.

O que fazem entre enganar a norma, a regra, o interdito e, minimamente, tentar dizer alguma exceção para interceder e interromper a história, é raspar a invenção em nossa ferida de nascença, sem fundo, o Direito, este, que tem origem assassina e se demonstra, como um "estado democrático", meramente vingativo, organizado através da lógica da vingança: "todo poder se transformou em espetáculo", diz Godard; "um registro assinado em três vias atestando o medo", anota Carlos. A aprendizagem que vem dessa composição fortemente política é a de não ler a história apenas como Direito, este dever, esta dívida, este "é preciso" e "é necessário", imperativos categóricos e violentos da lei, das formas da lei. O Direito não é a justiça, aliás, a justiça é muito antes e muito depois do Direito. Godard encena: "uma imagem / não é forte / quando é brutal / ou extravagante / mas quando / a associação entre as ideias / é longínqua / longínqua / e justa". E Carlos, sem meio tempo: "guerras e guerras contra tudo o que é vivo. / o homem do futuro esbofeteando a Terra, / como um saco de areia, eternidade a dentro."

Assim, pensar, primeiro, numa dimensão da linguagem não como um esvaziamento que se arvora em representação e referentes falseados, mas sim como um lugar de atenção, para a atenção, ou seja, a que toca a história numa imaterialidade do pensamento, e não o pensamento como mais uma materialidade da história e seus fetiches teológicos do dinheiro; depois, se num "tempo detergente", como sugeriu Ruy Belo, mas sem a demarcação de um território, que parece interessar mais a Godard do que a Carlos, tocar uma experiência do impossível, uma injunção: aquilo que é para o outro, para muito além de um si mesmo; e uma conjuração: conspirar e tornar presente um espectro, a possibilidade de que a linguagem nos apresente alguma dilação espectral, novas imagens de força para imagens pré-existentes e já fixadas em suas formas monopolizadoras, um desperdício — nem filme, nem poema / nem poema, nem filme — para desativar o entulho do mundo numa luta das imagens, uma luta com as imagens.

Revista Cult, 10 de maio de 2022.

Ricardo Aleixo e Sony Labou-Tansi: coragem, raiva e luta voluntária

Aquele preto, tão preto
Co'aquela barba branca, tão preta
E aquele olhar tão meigo
De quem espera ganhar
Um sorriso incolor

[JOÃO RICARDO]

No dia 11 de setembro completou-se 48 anos do suicídio de Salvador Allende, que foi deposto da presidência do Chile, naquele dia, por um golpe de estado conduzido pelo general Augusto Pinochet, que se tornou ditador entre 1973 e 1990, depois *senador vitalício*, cargo criado por ele exclusivamente para ele. No dia seguinte, 12 de setembro, tentou-se organizar uma manifestação contra o atual governo do Brasil, um fiasco, diga-se de passagem, reunindo as forças da ultradireita, os oportunistas, os fujões, alguns grupos à "esquerda" e muitos dos que se atropelam no impasse cristão de que "a *culpa* é do PT e do Lula". O convite solicitava que se fosse às ruas de branco, que tanto pode ser uma mera ausência de cor, e nulidade, que se impõe como pureza, imagem límpida, simbologia de paz etc., mas que, sabemos, pode ser também, muitas vezes, um aparato bélico e opressor, imposição de neutralidade e violência falseadas, alegoria do comando orquestrado como disfarce incolor. Daí que, no oriente, o branco figura, entre tantas coisas divergentes, ao mesmo tempo, um desdobramento para uma alegoria da morte.

No mesmo dia 11, o poeta, pensador e multi-artista Ricardo Aleixo, convocando a imagem do "estrume" e de "obra" (no sentido atribuído por Sebastião Uchoa Leite a um homem da rua que, de cócoras, nu, faz ali a sua "obra", "obrando"), disse, entre outras coisas, o seguinte sobre o livro de José Roberto Torero e Marcus Aurelius Pimenta, **ABECÊ da liberdade: a história de Luiz Gama**, publicado e retirado das livrarias pela Cia. das Letras: "o fato de um dos selos infantis da mais poderosa editora do país-pesadelo publicar um livro tão safada e ostensivamente racista não me surpreende tanto quanto a presença, em seu catálogo, de literatos de terceira tal como os estafermos Torero & Pimenta." E a isto se atribui duas possibilidades de força que estão sempre presentes, desde uma ideia de começo, um *começar*, este sentido político, no pensamento e nos trabalhos de Ricardo: coragem e raiva. A primeira nos remete ao que Walter Benjamin recupera de Hölderlin, como gesto radical e incondicional, quase uma hospitalidade, um "alguém a algo"; a segunda, como a atribuição que Pasolini faz a Sócrates: "o raivoso ideal, o raivoso maravilhoso da tradição histórica é Sócrates." Há aí um perigo empenhado, do pensamento com poesia, da poesia com pensamento, que vem de Dante, perigo cada vez mais abandonado por certos poetas, escritores, artistas etc. em troca de um luxo zombeteiro da história que não passa de uma lata de conserva de qualquer supermercado de esquina: o do comando e do controle. E basta lembrar aí, por exemplo, de outra referência essencial dos trabalhos perigosos de Ricardo: o LIXO/LUXO, Augusto de Campos.

Recentemente, no enlace do contraponto, jogando um pouco de lama forte sobre esse mesmo impasse, o do abandono severo da coragem e da raiva que se metamorfoseou numa forja entre a burla e o pacto simpático para a nulidade, como sugere Catherine Malabou — "frieza, neutralidade, ausência, que são exemplos de uma plasticidade modal destrutiva que Spinoza antecipou admitindo a existência de um poder metamórfico destruidor" —, ou seja, uma indiferença da vida à vida que se justificaria como um suporte para a sobrevivência, aparece no Brasil um pequeno livro de Sony Labou-Tansi [1957-1995], nascido no Congo, país partido por colonizações diferentes e justapostas, traduzido do francês por Takashi Wakamatsu: **O ato de respirar** [publicado pelo imenso, responsável e expandido trabalho dos editores da Cultura e Barbárie Editora: Marina Moros e Fernando Scheibe]. O livro vem com alguns poemas de Sony e com um bonito e emocionado posfácio de Lilian Pestre de Almeida, que conheceu o escritor, esteve com ele e percebe a inferência de uma geografia imaterial dessa África que pensa e escreve em francês. A poesia de Sony é um trabalho desmesurado, porque se projeta em torno de uma ideia circunscrita à vida como coragem, raiva e numa luta voluntária contra os "escrotos do poder". E isto sem perder de vista que, irresoluto, O PODER É UM SÓ, não há um outro poder ou, minimamente, outras formas de poder. O plano de Sony não é sobreviver, mas enfrentar o vazio do poder com a "audácia de existir". Por isso, não apenas "formas de resistência", mas sim, muito mais, "forças de existência".

É do impossível de existir que se trata quando — nessa temporalidade homogênea e calculada, estratégica e inestética — acontece algum encontro intempestivo e decomposto em disjunções. O livro recente de Ricardo Aleixo, **Extraquadro** [Impressões de Minas], uma espécie de solavanco da pele negra, não só reapresenta o poeta de extensões viscerais, porque é no corpo que está o desenlace fatal, logo, luta voluntária, entre dançar e planar, "com as costas lanhadas", para desmontar a perversidade da sobrevida com uma tarefa política às avessas que não é um contragolpe a outro poder, mas um esfacelamento de qualquer ideia de poder: a da "negrinhagem". É de fazer e refazer a questão se Ricardo, agora aos 61 anos, sobremaneira, num descolamento da perspectiva retiniana, tal como a ideia da máquina celibatária de Marcel Duchamp, não é um poeta muito mais jovem que todos/as os/as poetas jovens desse país, menos um/a ou outro/a, raramente. E isto se diz diante do frescor, da alegria e, claro, da juventude perturbadora que salta de cada trabalho que tem feito e vem fazendo. Leia-se aí a seta gráfica e incerta, quase cobra, *serpes*, do poema *Você fala de medo*, por exemplo: "você fala de medo, / e fala muito, / o tempo inteiro, / tudo é medo, / medo disso / medo daquilo, / e aí, enfim, o / o medo se torna: // o caminho das pedras / escorregadias / que contorna / a montanha; / o breu mais cerrado; / a cobra-rei que nenhum / outro bicho / ousa enfrentar."

É um ponto de insurgência incomum, que não tem a ver apenas com a agenda frequentada entre oficial e oficiosa de qualquer disputa circunstanciada, que oscila essa batida de frente, de lado, pelas costas e com o coração entre a poesia de pele e corpo de Sony com a poesia de pele e corpo de Ricardo. Repare-se que Sony anota num poema: "Faço amor / no fundo / de meu sangue abissal / Não, estou pouco me fodendo / pras / suas / crises / de identidade / Ando como uma pedra-carne / porque / minha mãe me ensinou / a / morrer de costurar o tempo / toda / minha vida / [...]". Tanto em um quanto no outro, tocar um SI MESMO nunca é tocar apenas um eu que fala, numa descompostura tagarela, ao contrário, tocar algum si mesmo, afirmativamente, é sempre tocar algum outro que tenta dizer e não consegue, não pode, não existe ainda. Por isso Sony lembra que não se interessa pelo "colecionardozinho de prazeres", nem pelo "venderdozinho de situações", nem pelo "podador de slogans" ou pela "calculadorazinha de raças", nem pelo "vigarista estético" nem pelo "porco ideológico" ou pelo "delinquente cultural". O que interessa são os voluntários que se arriscam à existência praticando "o terrorismo de respirar" contra o "horrível burguês do EU". E isto se faz, segundo Sony, escavando buracos na vida, quando respirar não é uma forma: "Mas as palavras / Todas as palavras / Falham — Acrescentar a isso / esse / coração / que / cheira / a / cocô / [...]" e "Fizemos / buracos / Nós / fizemos / buracos profundos / na / pedra das coisas / As palavras / duras / eram / nossa / única / pátria".

Se partimos do princípio, e precipício, de existências inabitadas, figura-se a apresentação dos sentidos daquele que enquanto escreve, gesto inoperoso, principalmente, inscreve também a enunciação [e não um enunciado] de UM OUTRO. Em dois pequenos poemas do Ricardo a gente pode ler os giros da espiral em torno do quanto um corpo é a dilação do impossível; primeiro, na repetição de um *ando* que é inteiro mas é também parte: "mesmo qu / ando / só eu só / ando / em b / ando"; e depois, em *me dis*, numa abertura de revolta [no sentido mais pungente e vigoroso proposto por Furio Jesi, por exemplo: o de uma suspensão do tempo histórico que faz com que tudo o que está operando para que ela aconteça seja válido por si só. Diferente da revolução que está, por sua vez, inteiramente inserida no tempo histórico]: "me dis / se a doce / voz do cora / ção que eu / tenho dentro / da cabeça: / tarde demais / para deixar / falar o medo / e começar a escre / ver (viver) com mode / ração". Os choques de sentido são inúmeros, desde o condicional 'se' até o 'ver' igual a 'viver' [como já está lá em Giordano Bruno, morto pela Inquisição cristã porque não abjurou: ver, ler, viver], ao final de um alimento violento a um ser humano vilipendiado em suas dignidades mais sutis: a ração.

Essa é a *espuma* do mundo, a última de nossas esferas da modernidade, segundo Peter Sloterdijk, que Sony emprenha nos "cem / mil / dias / amarrados / açoitados / feridos / torturados / como negos — / Eis aqui / O forro / da / mentira / humana / desfeito / no / ajuntamento / de / arames farpados / e / essa morte jovial / que falamos / em alta voz" e que, numa outra ponta do mar, em Belo Horizonte, Campo Alegre, alguns 100 mil dias depois, Ricardo anota em *E rir à solta e não morrer*: "Poder morrer // num dia quente, / tudo já seco / por dentro, e a / cidade e o mundo // alheios. Não morri / num dia assim. // Poder morrer / de tantas formas / e não ter morrido / nunca nenhum / desses tantos anos / que eu vivo // aqui entre / os humanos." Se a literatura fracassa, sim, fracassa, ainda mais quando é apenas regulada por um cânone repetitivo, formas cristalizadas e ideias terrivelmente cristalizadas também; e isto é propaganda.

Furio Jesi diz que a literatura não tem nada a ver com comunicar, é inábil e não se presta como instrumento em direção ao exterior. É um "impossível amor". Assim, se a literatura é vínculo erótico, é só quando se deixa estrangeira até na mais íntima relação com a morte que pode ser fiel a alguma outridade, mesmo solitariamente. E isto, sabemos, com a experiência vagarosa da aprendizagem, só se faz com coragem, raiva e luta voluntária, esta espectrologia que provoca o encontro dos trabalhos de Ricardo Aleixo e Sony Labou-Tansi.

Revista Cult, 21 de setembro de 2021.

Ana, Marcela, Renata: *no hay nada estable* ou pequenos precipícios da carne

Nada quedará de nuestros corazones.

[ROBERTO BOLAÑO]

Acaba de ser publicada no Brasil uma reunião dos poemas de Roberto Bolaño [1953-2003], **A universidade desconhecida** [Cia. das Letras], traduzida pela poeta, sempre singular, Josely Vianna Baptista, que também traduziu, por exemplo, Jorge Luís Borges. O rasgo de Bolaño, escritor de passaporte chileno, está num prisma de construção da frase que comparece, muito mais, nas alucinações viscerais, como ele inferia, em torno da respiração alongada do que ainda se projeta como *prosa*. Lendo, minimamente, o genial **Amberes** [2002], já se consegue perceber a força descomunal de composição que parte da ideia de que "no hay nada estable". E aí, nenhuma escapatória, se diante da pergunta de Jacques Derrida, em italiano, numa língua que lhe é estranha, *Che cos'è la poesia?*, sem resposta, aparece a dificuldade imensa à quem imagina derivar as imagens esticadas dos *vai-e-vem* prosaicos até a síntese da imagem, sem literatura e sem construções poéticas, do *poema*. Quase algo como se, ironicamente — com uma ou outra frase sempre impressionante largada no meio de um poema ou outro —, "um único poema salva" Bolaño. Mas vale o escrito, o documento, a memória.

A questão é como ler o gesto impensado e impossível que vem na proposição interrogativa de Derrida expandindo-a ao minuto mais próximo, antes e depois, do minuto de agora, este, em que estamos atolados até o pescoço e com as goelas invadidas por um sufoco produzido por um crime diário de lesa vida, expostos, sem explicação palpável, a uma circunstância perversa produzida por uma sociedade politicamente doente a todos os lados e sem espaços de fuga? Assim, num ao redor mais ao extremo, os livros recentes de Ana Carolina Assis, **Carinhoso** [7Letras]; Marcela Maria Azevedo, **Todas as mães são tiranossauras** [Urutau]; e de Renata Flávia, **Lustre de Carne** [Moinhos]; imprimem por subtração pequenos deslocamentos e sustentações moventes à ideia de que "não há nada estável" sugerida por Bolaño. Ana é de São Gonçalo e vive na Zona Norte da cidade do Rio de Janeiro, outra língua e posição com a vida frente à dicção social de porcelanato, imperiosa, imperativa e opressiva da cidade, a da Zona Sul; Marcela nasceu em Petrolina [PE], vive em Belém, no Pará, daí que seus poemas cumpram, a partir de títulos imensos, o que ela mesma chama de "alguns métodos metafísicos"; Renata é de Teresina [PI], onde vive, com formação entre história e educação, trabalha numa biblioteca pública federal, entre livros, e tem posições políticas muito assertivas e diferidas do que pauta "a agenda" invariavelmente rasa e ordinária.

Se por um lado há um pensamento que se apressa, são poetas muito jovens, há também um cuidado extensivo, inespecífico, lento e atento, com o poema e com os livros que fazem. É o segundo de Ana, o primeiro de Marcela, o segundo de Renata. É nesse descompasso ordinal que se pode imaginar alguns vínculos entre os métodos e procedimentos dessas poetas, o que têm a ver com o desmoronamento que provocam na autofagia plena de incensórios, em que pares e ímpares leem quase as mesmas coisas, se cultivam, se conservam, se protegem, se guardam e querem, invariavelmente, habitar um centro, ponto único, repetitivo e modelar, lasso e frágil. Porém, o procedimento dessas poetas se vale do caráter da anotação quando anotar é também *tocar a causa do outro*. Aquilo que Jean-Luc Nancy [que faleceu no último dia 24] imagina, a anotação como *um fora de si mesmo*, que, por sua vez, nada mais é do que a exposição de outra realidade, outra singularidade — a mesma, porém sempre outra. O filósofo adverte que "escrever para o outro significa em realidade escrever a causa do outro", ou seja, desejar um desejo de alteração, destruir a destruição, quando desejar é reconstruir o sentido do sentido, agitar máscaras e provocar a "interrupção do mito e do sacrifício", e isso seria, para ele, uma tarefa do pensamento, do ser-no-mundo.

O livro de Ana Carolina é uma delicadeza de superfícies refinadas, volume magro, como já foi o seu anterior, **A primavera das pragas** [7Letras], apenas 19 poemas, entre gestos de imagens mínimas, como em *Altruísmo* — "melhora pra ficar comigo / mas faz por você" — e toda uma disposição convicta e corajosa do corpo, primeiro numa espécie de mundo natural e, em seguida, nas artificialidades da cidade e da língua e numa recuperação sensível da vida e do mundo através das pequenezas que são e movendo as palavras, a linguagem, para aproximá-las ao máximo — limite e infinito — do desequilíbrio acidental das coisas, como se lê em *Cavaleiro de copas*: "raios por baixo / da pele / entre a pele e a carne / dos peitos / direita esquerda e de novo / das bases às pontas / e arde / não é leite ainda é / algo de nosso // são os 30 que chegam / e se chega o sangue / ou não chega / é no fundo das calcinhas / que a gente se resolve / um dia da caça / outro da caça também". E isso já é um simples e sereno redesenho do tato e da fratura do UMA/UM, politicamente, alterada em UMA/UM OUTRA/O, quando o poema se esgarça no espaçamento das forças diferidas e amalgamadas da existência contra o poder. E quando se diz 'o poder', se diz também qualquer poder ou ideia que persiga 'o poder', desde o termo e suas derivações, porque 'o poder' é um só.

O livro de Marcela entranha e emprenha uma imagem radicalmente forte dessa ideia de um ser-no-mundo a partir da anotação, a das mães como tiranossauras, o que Nancy chamaria de "universo cuja unidade não é mais que a unicidade em si aberta, distendida, distanciada, difratada, desmultiplicada, diferida", a das mães, no caso, com poemas muito impressionantes e articulados que se engendram, tal como ela anota, numa baba espessa para encharcar o mundo. As preocupações de Marcela são outras, logo, nunca previsíveis, os assuntos são rachaduras de sentido desde os títulos até os poemas; coisas como *elucubrações sobre a origem da devastação florestal, sobre o uso de alvejantes em salas de museu, explicações sobre a bioluminescência ou um ensaio sobre a saudade* etc. O que aparece e parece que vem também da presença de assombro de poetas como Max Martins ou Mário Faustino ou, depois, vá saber, da linha reconfigurada de Antônio Moura. As fotografias de um suposto autorretrato espalhadas pelo livro e o espanto, entre o inesperado e a contingência, de cada poema, são a esperança de uma narradora que se apaga, o tempo inteiro. Em *considerações aprofundadas sobre a geografia de petrolina*, ela escreve anulando mapas, documentos, territórios, simbologias, fronteiras e quaisquer outras impertinências de medida e controle: "como faz pra devolver os mapas / esquecer os documentos / adentrar territórios / sem ladeiras símbolos máquinas // como faz pra apagar os rastros / rasurar as linhas geográficas / dissolver a memória / da pele / esculpida num rosto // como faz pra se reescrever um nome / meu nome / encobrir monumentos / nossa velha casa / reerguer um corpo / esse corpo / de hoje décadas / e nomear esse não saber / que estive aqui".

Renata escreve um corpo entre a cifra e a sede, "encarar / com o pouco que se tem / a sede" e "corpo de areia / de pedra pés", e isso faz de seu livro, objeto exposto em carne e sangue, um conjunto de peças que podem nos remeter à ideia das confissões críticas de Mishima, noutro prisma, mas podem, e muito, tanto no gesto revolto do pesadelo, entre o que treme e tritura, porque todo pesadelo, nos poemas que ela monta e remonta, são pequenas feridas, cicatrizes ou distensões do real; quanto na maneira de anotar o sentido exasperado e grave de cada palavra que vem também desse real sem distanciar-se dele nem um segundo ou centímetro. O que lhe interessa é a pobreza humana, nossa miséria coletiva, os segredos de um ser-no-mundo entre bicho e gente, o apontamento de garras prontas para devolver qualquer ataque à uma aparente insegurança ou fragilidade, as cidades que morrem num país e num terceiro mundo desgraçados, um cotidiano que se deflagra quando "cada passo é uma ameaça", lapsos de microscópicas histórias de amor e andar sem nome, estranhar-se: "cabelos espalhados pelo chão / coletando canções de frio / esperando que um lustre parta meu pensamento em pedaços / que caia longe / que caia firme / ... / estou aqui e você não pode ver / até onde meus cabelos se deitam / até onde se misturam aos restos jogados no vão / estou movendo peças no teto / desenhando você em música / montando peles e unhas / arranhando o chão / ...".

Escrever com o corpo sempre é escrever com força. Arranhá-lo no mundo, deixar-se em alguma aderência tátil da pele no tempo, no espaço, ou seja, consentir ao corpo que se lance aos precipícios da carne desde um "sexo de ler", como sugere Maria Gabriela Llansol, até noutras circunstâncias, às imagens que se descolam dele para o universo e vice-versa, como indica Henri Bergson. Ou, retomando Nancy, quando escrever, anotar, com o corpo, é lançar a imaginação à força original da natureza e, numa ficção do poema, restaurar alguma origem do mundo, este, o único que é diante do que conseguimos inventar, criar, morar, viver etc. É assim que se pode ler também esses mínimos e imensos livrinhos de Ana Carolina Assis, Marcela Maria Azevedo e Renata Flávia: *não há nada estável.* É quando o poema, num salto, se inscreve na pele, que é sempre outra, sem salvação e com o risco de fazer; é o corpo procurando cumprir a anotação, apressada ou lentamente, do encantamento absurdo que a vida é e do quanto, num *psiu,* a vida some, a gente morre.

Revista Cult, 25 de agosto de 2021.

Micheliny Verunschk: pássaro, onça, um animal que ri

O animal sorri. Seus dentes
são rochas
e ruínas
por onde a noite
sem memória desce
sua demência.

[...]
(Virás à jaula
deste animal remanescente
do fogo e do Dilúvio?
Atraiçoado
oco
ex-
posto em praça pública
para os olhos
das crianças, dos fotógrafos?
EU-COBERTO-DE-PELOS: virás me ver
atrás das grades?)

[**MAX MARTINS**]

Jakob von Uexküll [1864-1944] lembra de Elie Cyon [1842-1912], um filólogo russo, descobridor de nervos e funções nervosas, que também rastreou a nossa percepção da tridimensionalidade do espaço a partir de um órgão sensorial que fica em nossa audição interna — os canais semicirculares, os labirintos — que correspondem, por sua vez, aos três planos do espaço efetivo. Uexküll entende, a partir de Cyon, que é do mundo circundante do animal, de nossa animalidade, que vem a capacidade que temos de escrever às escuras, por exemplo. Giorgio Agamben, no pequeno capítulo dedicado a Uexküll, de **O Aberto — o homem e o animal**, *Carrapato*, interroga que se há para esse mínimo animal um período de espera que, de algum modo, é semelhante aos sonhos que nos visitam, o que se passa entre sua vida e a duração do tempo? E pergunta, amplamente, como se pode sobreviver quando se é privado de uma relação com o espaço na abertura entre o animal e o humano ? Como dizer de espera [de esperança] sem tempo e sem mundo?

O projeto e o pensamento de Micheliny Verunschk [nascida em Arcoverde, 1972] para uma ideia da escrita, a que se desenha no impensado, são notoriamente singulares e, se lida agora, tal ideia, a partir de seus dois livros publicados recentemente, **O movimento dos pássaros** [Martelo] e **O som do rugido da onça** [Cia. das Letras], lançados diante desse esboço entre Uexküll, Cyon, Agamben e o carrapato, pode-se refinar mais ainda essa singularidade. O traçado que configura essa questão já aparece desde **Geografia íntima do deserto** [Landy, 2003] até os romances organizados em trilogia pela editora Patuá — **Aqui, no coração do inferno** [2016], **O peso do coração de um homem** [2017] e **O amor, esse obstáculo** [2018] —, sempre numa perspectiva que tensiona o gesto entre *topos* e *tropos*, tal como se cumpria em certa tradição medieval teológica. Não é tocar uma escrita para que, numa geografia materializada e fácil de ser mapeada, se represente ou se atribua dimensão visível a algo ou a alguma coisa [tanto que *intimidade*, lá naquele primeiro livrinho de poemas, para Micheliny, é também *interioridade* e ex-*timidade*]. Mas sim, numa geografia imaterial, para desequilibrar e desmontar a forma, sem a arbitrariedade da semelhança ou de um significado imediato; e aí sugerir o equívoco, o erro, a dessemelhança, uma força. Ou seja, não apenas uma *topologia*, mas muito mais, numa justaposição de esforço, uma *tropologia.*

Não é à toa que se pode ler, também por justaposição, os dois livros recentes de Micheliny, não porque sejam complementares ou suplementos um do outro, mas sim porque se expandem a cada um como contrapartida ou composição díspar. Repare-se que a *tropologia*, presença e improbabilidade, está exatamente nas figurações de uso do vocabulário que dispõe, e isto é, severamente, uma *disposição*, esta tarefa política radical: *dispor-se* [nunca meramente *expor-se* ou *despir-se*, o que é muito próprio do enfado e do engodo de um sem número de livros recentemente publicados, principalmente por grandes editoras que apreciam apenas aquilo que Marx dinamitava como o que nos deixa rasos e cretinos, a nossa habilidade alienada: o dinheiro. E que, pasme-se, mesmo sem a bagatela do dinheiro, algumas pequenas editoras também perseguem esse modelo de publicação porque entendem que, parafraseando Júlio Medaglia, só o consumo de um si mesmo constrói].

Dispor-se é também, e muito mais, enfrentar tudo o que não passa de replicação da história, isto que quase sempre se dá de maneira praticamente banalizadora e involuntária porque cínica, mímica, insuspeita, habituada. Contra isso que se impõe e se expõe como palavra falada, frase feita, buraco sem fundo etc. vem uma impressão às avessas: um vocabulário alterado e um jeito de fazer com a frase e a linha que rompe com o modelo esgotável e esgotado — *un agotamiento* — do que é protegido como uma literatura de manobra. O furo é encantador, sempre, o que Joaquim Cardozo, também pernambucano, tomava como "um ponto-furo das imagens" ou algo que comparece entre "o gesto e a palavra". É na última linha do poema *Roteiro,* de **O movimento dos pássaros**, que se pode ler o que está como "um pensamento que não pode ser pensado ainda" e que vem do organismo animal do que ainda sobra de nossa humanidade, questão que se indica, muito e muitas vezes, como um dos interesses de Micheliny: "toda terra é feita dessa gente que se move". A ideia é fortemente política porque tem a ver com o diferimento entre *terra* e *mundo* e, mais ainda, com a ciência de que não há mundos, esta pluralidade. Não inventamos nenhum outro e, terrivelmente, não sabemos como sair do sufoco de um único modelo de vida que o sistema financeiro que criamos impõe sobre nossos corpos minúsculos e frágeis.

Por isso Micheliny parte do princípio que a mão precisa pesar sobre o eixo central e monopolizador da vida e, assim, convoca com os seus livros, movimento e rugido, a uma atenção, em pontos-furo como os da série vocabular heterogênea de **O movimento dos pássaros**: "alerta", "lamparina acesa", "envergadura de um marabu", "ossatura oca", "o pomo", "probóscides dos insetos", "ácido da urina dos porcos", "os tordos não são gregários / os homens também não", "as marcas da garra: a guerra" e "vê? / há um pássaro morto no centro do palco. // vê? / parece que é um homem." E, depois, ou antes e conjuntamente, nas diabruras de Spix e Martius, personagens de **O som do rugido da onça**, naturalistas alemães que afagam e afogam a mão para roubar duas crianças indígenas, I-ñee e Juri, com um pedido e uma cessão do pai que mesmo índio se contrita numa atribuição cristã, logo pesarosa e em pecado constante, em meio a fundação bélica de um país em constante desgraça. Spix e Martius são também a marca de um malogro — de Montesquieu com Usbeck e Rica, personagens de **Cartas Persas**, até Tomás Antônio Gonzaga e as **Cartas chilenas**, com Critilo e Minésio —, para dispor em xeque o jogo entre nação e colônia, "barroco duvidoso", infectados abismos sociais, a hipocrisia da sátira, o perjúrio normativo cristão, a anulação do corpo etc. para confrontar essa lei modelar e violenta e atravessá-la com um *salto*, uma outra origem, a da entranha: obnubilada, desregrada, ficcional. Ou, no mínimo, um outro começo, agora acefálico; outra respiração, agora alucinatória; "sem especulação, com adivinhação", nem profundidade nem superfície, mas "*interfície*" e "*fanciullo*" [imaginação livre, políticas para uma imaginação plenamente livre] para destruir a destruição com um truque, o da literatura, sem a fanfarronice do real e seus realismos chinfrins.

Daí que Micheliny Verunschk seja uma escritora rara, raríssima, em rarefação sibilina, porque sabe que escrever é também dissipar, escreve às escuras, pássaro, onça, animal que ri: "É certo que Tipau uu tinha escutado Iñe-e chamar no dia em que o pai dela mais o homem branco a botaram na fila dos prisioneiros pra ir s'imbora no mundão. E também escutou seu ganido na noite escura e chuvosa na jusante do Solimões. Escutou também urro dela misturado ao rugido estrondoso do mar. E o miado que veio fraco vindo das terras congeladas. Tipau uu não saiu de perto dela não, oxe! Mas como a menina não tinha ciência do miado certo que deveria de dar pra Tipau uu tomá-la de dentro de sua carne mesma, isso já se disse, Onça Grande ficava ali, jaguaretando em volta dela, quase chegando, de prontidão, afiando unha, agulhando dente, naquela impaciência sua, inconformada de não poder agir como queria. Uma tristeza, ara! Então se deu que menina desandou a morrer no estrangeiro."

Repare-se, porque estamos avisados desde agora: já fomos catequisados. Uma pergunta que volta, se revolve e se revolta, ativa, na literatura de Micheliny Verunschk, é como dizer de espera [de esperança] sem tempo, sem mundo e sem uma minimazinha sequer utopia irrecusável?

Revista Cult, 10 de agosto de 2021.

Annita Costa Malufe: na sala vazia o mundo vazio não entra

Damos importância aos recibos de lavanderia desse ou daquele grande poeta. Se a política é, como creio, e como pode ser a poesia, um procedimento de verdade, então sacralizar os criadores políticos não é nem mais nem menos do que sacralizar os criadores artísticos. Talvez menos, no final de contas, pois a criação política é provavelmente mais rara, com certeza mais arriscada, e se dirige mais imediatamente a todos, em especial àqueles que o poder em geral considera inexistentes.

[**ALAIN BADIOU**]

Por volta dos séculos 4 e 5, Tao Yuanming, chinês, dedica-se a escrever a partir de uma vida reclusa na aldeia de Tsai Sang, em Xunyang, no monte Lu. Este monte é uma espécie de lugar sagrado para quem cultiva o *tao*, um acordo silencioso entre o tempo e as coisas. Diz-se que Lu Shan é a capital dos habitantes do céu: eremitas e monges "empoleirados nas montanhas". Manuel Afonso Costa, o tradutor português de Yuanming, lembra que Lu Shan — "a montanha das cabanas" — é cheia de cavernas, nascentes, cascatas, correntes de água, lagos e rochas. Depois, falésias e flancos íngremes com pinheiros em forma de dragão com suas copas voltadas para o abismo. Esta imagem do abismo é a mais visceral e selvagem do pensamento e da poesia de Yuanming e, muito por causa dela, remenda o gesto em linhas de força, pobreza e vinho: "viver retirado é que sou feliz", "uma amizade sincera não se esgota", "quando o coração se ausenta / até os lugares se afastam também", "continuar inteiro mesmo na pobreza", "se tens por aí um bom vinho, / não o recuses assim sem mais nem menos" ou "raros são os que estão vivos".

Um apontamento que vem do traço politicamente forte do poeta chinês — romper o mundo, romper com o mundo —, até o pensamento de Annita Costa Malufe gira em torno, por exemplo, do quanto "estar vivo simplesmente já nos torna tristes e tontos" e de que "na sala vazia o mundo vazio não entra". Annita não é, nem de longe, apenas uma poeta singular ou de seu tempo ou quaisquer outra anotação nessa direção, mas sim e muito mais, alguém que se *coloca* — ou seja, *dispõe-se ao lado* — e se lança com uma verticalidade, sem triunfo, num trabalho fracassado: escrever acompanhada. O livro que publica agora, **Alguém que dorme na plateia vazia** [editora 7Letras], é impressionante, desde a imagem que se amplia no título, e cumpre uma seriação de sentidos abertos que é, a todos os lados, a tarefa inespecífica daquilo que tem feito há alguns anos. Leia-se aí o livro publicado em 2008, por exemplo, **Como se caísse devagar** [PAC/editora 34], também desde o título, para perceber e tocar o quanto ela estica a linha da frase até um limite impossível: uma desnaturação da ideia de poema, nem terminar nem começar; nem negação nem não-negação, apenas uma perspectiva impensada de um negativo *da* e *com* a linguagem.

Trabalhos assim, como os de Annita, que perseguem a impotência do "pensamento pensante", não cabem, não comportam, nem se estabelecem em círculos que existem ou que devem/deveriam existir. A opção por uma inexistência ou uma confrontação figurante em meio ao rodopio de mesmices concêntricas [estas, muito próprias do que se costuma chamar de "poesia contemporânea", principalmente nos usos de um vocabulário sem diferimento e sem alteridade, logo, sem alteração, dicção simplória e identitária, ritmo repetido, enfadonho e autocentrado], aparece também no trabalho de Annita como se constituísse uma aprendizagem díspar no que traça como recolhimento, observação e expansão de um espaço até tocar a sua anterioridade, e nunca apenas interioridade ou, de mais longe ainda, uma intimidade. Há uma perversidade nos livros de Annita e, neste, isto avança como uma espada beduína, desértica e no deserto da linguagem, entre um *ser humano que indomina* e um *animal que rumina*. Nenhuma distinção, porque terrivelmente inteligente e arejada, entre ter e não ter cabeça, ter e não ter corpo, ser e não ser uma indivídua, mas sempre numa tentativa forte de dirigir-se até o ponto de UM OUTRO.

A escolha que ela faz passa pelas preparações e composição de uma paisagem lacerada que vem do mundo, sempre pleno, porém destroçado, até os extremos de uma ideia de lugar. E aí, tanto faz se casa, como partição arquitetônica doméstica, ou se, numa ausência de nome, essa ideia de lugar se comprime entre uma ontologia irrefreável: alguém, um sono e vazio. Ou seja, abismo. Assim, Annita escreve contornos, espectros, tanto faz se uma mãe ou um gato, não há entulho, seu trabalho é apenas com "a roupa do corpo", porque perto de Charles Baudelaire ou de Charles Peguy, Samuel Beckett ou Christophe Tarkos, "tato áspero", "oco do tempo", "campo aberto entre as palavras", "é a velocidade as imagens velozes". Daí que tudo esteja muito pouco visível, nenhuma visualidade ou fixidez, e desesperadamente simultâneo: "o cavalo enorme de / patas de polvo o corpo / do homem fundido no / lombo e uma lança / feita de carvão e linhas / paralelas cortadas por / um triângulo preto um / instante em que suspensos / os corpos dançam e / esperam no ar e quase em / flutuação / não caem" e "a noção da distância era / a própria margem seca margem do / rio margem da boca seca margem / dos olhos do solo arenoso as peles / nem sentindo mais os dentes da mata / rasteira a terra feita de linhas / paralelas e a planície ampla / a visão que perdia o senso da metragem era / a própria beira a margem seca / do rio margem da boca seca" etc.

O impasse está no jogo com a filosofia, que nunca é disciplinar, e muito com a verdade, que é sempre um falseamento, por isso pode-se ler o trabalho de Annita Costa Malufe, agora mais do que nunca a partir desse livro recente, numa outra volta da vida, no meio do caminho, como uma tomada de posição decisiva frente a um esgotamento da história e na *interfície*, nos *confins*, da filosofia. Neste **Alguém que dorme na plateia vazia** está o trabalho impossível de uma filósofa da linguagem, entre amor e revolta, acontecimento e vazio, pontos de inexistência e, ao mesmo tempo, a pontualidade essencial do que está dentro do mundo e, principalmente, do que ainda pode/poderia preencher o mundo para desfazer o entulho daquilo que ele é. Quando o acontecimento, lembra Alain Badiou, é o que apreende o nada, dando-lhe a possibilidade de ser mais que nada. E isto, quem sabe, vá saber, quem saberia, pode ser ainda o poema, a poesia, esta, que nunca se escreve sozinha, mas em companhia: *ao lado*. Daí que a cada livro de Annita retome-se o encontro descabido e a companhia imaterial e impertinente desse desacordo suspeito e silencioso entre os tempos "cósmico e geológico" e a ilusão do movimento, algum lugar, algumas coisas. Um exercício errante da mão "que arrasta seu peso e / se desloca milímetro por / milímetro como se / mudando o eixo da terra".

Revista Cult, 08 de junho de 2021.

Camila Prando: palavras subterrâneas e os melhores livros do ano

Mas a existência da linguagem é o sim dito ao mundo para que ele esteja suspenso sobre o nada da linguagem.

[GIORGIO AGAMBEN]

O fato ordinário é que todos os anos aparecem listas, mais ou menos um ou dois meses antes do ano terminar, com "os melhores" livros. Aquilo que aparece em novembro em dezembro não consta das listas dos selecionadíssimos e selecionadíssimas colaboradores e colaboradas dessa ou daquela publicação. Isto leva também ao tabuleiro marcado dos prêmios, entre os que julgam antes para ser premiados depois e assim sucessivamente numa alternância fisiológica. Lembra até o Congresso e a votação da PEC dos precatórios. Agora, em 2021, numa coincidência ruim às listas, morreu Assis Brasil, no dia 28 de novembro. Quase ninguém sabe, ninguém viu. Nascido em Parnaíba, no Piauí, com uma longa morada no Rio de Janeiro, e falecido em Teresina, numa pequena casa com apenas duas máquinas de datilografia e um copo. Uma vida intensa lançada ao jogo desamparado e infinito do pensamento, uma política daquele que é capaz de andar com pés finos à beira do abismo e também dançar. E pasme-se: nenhuma escritora ou escritor brasileiro vivo e premiado lambe sequer as botas da literatura de espanto, demoníaca, que Assis Brasil inscreveu com o corpo, sempre em torno de personagens de vida operária, precária, sofrida, dura, sem saídas.

Bastaria ler, com força, entre tantos livros, coisas como **Beira rio, beira vida; Os que bebem como os cães; Sodoma está velha** ou **O livro de Judas.** São oscilações humanas sem nenhuma possibilidade de alteração social, vidas anônimas em corpos nomeados, uma luta de indivíduos com mínimas memórias coletivas, pequenas fímbrias numa genealogia de vazios: um povo que ainda falta ou uma gente que ainda é um povo que falta. O que Raúl Antelo provoca pensar como uma "desregulação regrada" em "nossa" descabida e desigual formação sociocultural.

Mas há, como um livro do lado, aquele que vem de uma beira pertinente à sua condição extrema, como uma fome, uma ética, esta "maneira que não nos acontece nem nos funda", mas nos engendra; e isto se entendemos que estamos o tempo inteiro diante do demônio, esta frágil criatura, afastada de qualquer ideia de deus e que não pode nos fazer nenhum mal, que é também a que mais solicita ajuda e oração; é a possibilidade de não ser que implora por socorro, um "ser que é infinitamente suscetível de ser tentado". Este livro que vem, como um demônio, tem a ver com a ideia de um "trabalho no subsolo", como o sugerido por Walter Benjamin, entre o sonho com um terreno deserto, a praça de Weimar, as escavações em curso, o surgimento de um pináculo de igreja e a alegria de um santuário mexicano pré-animista: o Anaquivitzli. E não é nem de longe a ideia fajuta do livro dos livros, nem muito menos a consagração fracassada, menos para o dinheiro, da aparição associada às listas por causa de um desenho narrativo do óbvio, a "agenda da hora", com mais de 100 ou 200 mil leitores. Não custa lembrar T.S. Eliot quando anotava que "tudo o que a multidão gosta, merece desconfiança".

Devagar, quando a literatura ainda é algo muito perigoso, uma boca sem dentes, tocando a ideia de Franz Kafka — "Todos os dias tenho que escrever pelo menos uma frase contra mim" —, lendo-se aí que esse *contra* não é um ataque autodestrutivo, mas um ponto de começo, uma luta: nunca partir de um EU para o mundo, mas partir do mundo para, se possível, numa inversão deliberada e anacrônica, tocar algum EU quando assim se toca também algum OUTRO. O pequeno livro de Camila Prando, **Dicionário de palavras subterrâneas** [AVÁ Editora] — que pode nos lembrar também W.G. Sebald, em torno da expressiva circunstância de que "estamos na era da destruição natural do mundo" —, é uma imensa construção acósmica de que a vida e sua máquina teológica não podem ser salvas. E nos apresenta, assim, frente a leveza inespecífica da linguagem, a vida na e da terra, ou seja, "simplesmente a vida humana". Camila, nascida em Telêmaco Borba, no Paraná, mora em Brasília, é professora de Criminologia e Direito penal da UNB, coordena o Centro de Estudos de Desigualdade e Discriminação (CEDD), desenvolve uma pesquisa em torno do desaparecimento forçado nas prisões brasileiras e do quanto isso tem a ver com a construção de um problema social e jurídico sem tamanho.

O que se imaginaria ao abrir o pequeno livro de 65 páginas essenciais, diante de uma fotografia rarefeita de duas crianças brincando na areia frouxa de uma beira de praia ou quintal e, na página ao lado, a epígrafe de Cesare Pavese: "a morte virá e terá teus olhos", é que há uma proposição imediata, risco e fúria, como um *puzzle* indômito, entre a imagem e a frase. A primeira mínima narrativa tem cinco linhas, *Urubu*: "Ela voava como um urubu. Um voo alto, nublado e oblíquo. Os olhos atentos à caça, em corpo leve e alado, suspenso no ar. A menina farejava o cheiro da morte se preparando para devorar sua carne." Ao lado da narrativa uma notícia retirada de jornal, com data de 25 de março de 2013: "A jovem foi encontrada por um morador que percebeu o mau cheiro e a presença de urubus no terreno. Após procurar por algum animal morto no local, o homem avistou a vítima seminua em uma vala e acionou a polícia." Não se sabe de qual jornal, nem de quem se trata de fato a notícia: oscilações humanas entre o desamparo de corpos nomeados e quase nenhuma memória coletiva, porque há uma banalização naturalizada da destruição do mundo, da vida. Tanto que há uma dimensão ordinária que se contempla e se contenta com a ideia de que há vidas, há mundos, assim, no plural, apenas para sobejar e deliciar os fetiches capitalistas de que nada se faça, nada se altere, que toda a catástrofe seja mantida, no único mundo que criamos.

O livro de Camila, num susto, parte de uma invenção narrativa para o encontro com as circunstâncias da notícia, talvez retomando o gesto de Margo Glantz, uma escritora mexicana fabulosa que inicia o livro **E por olhar tudo, nada vida**, com uma pergunta: "Ao ler as notícias, como decidir o que é mais importante?". Camila inverte o sentido da notícia, e aí não mais ao modo de Margo, mas numa operação tangente, quando primeiro vem uma ficção-crítica de toda origem para depois, numa busca incessante, encontrar notícias que tratem de algo que possa, de alguma maneira, encontrar-se com aquilo que imagina, inventa, narra e inscreve. E tudo paira num gesto entre estúpido, que é próprio do estudo, da fadiga alegre de estudar, até uma generosidade de partilha que não pede nada em troca, sequer quaisquer leitores ou leitoras. Sabe-se, como um sabor, num esforço de busca, ou seja, também de estudo, quem não se contenta com o *agotamiento* imparável de uma literatura que beira "soluções" e "investidas" de ponta de estoque: comércio de *black friday*.

O livro de Camila se recarrega na sintomatologia do naufrágio absoluto, é um subterrâneo que roça a superfície daquilo que somos, algozes e vítimas sem inocência alguma. As personagens são meninas e mulheres largadas que tentam, minimamente, segurar-se à borda da vida com toda a força e construção de sentidos que ainda lhes pode ser impossível. Fácil reparar numa composição que advém da imagem de *O esmagamento das gotas*, de Julio Cortazar, em **Histórias de Cronópios e de Famas**: a gota que se segura na esquadria da janela "[...] com todas as unhas, não quer cair e se vê que ela se agarra com os dentes enquanto lhe cresce a barriga, já é uma gotona que pende majestosa e de repente zup, lá vai ela, plaf, desmanchada, nada, uma viscosidade no mármore. Mas há as que se suicidam e logo se entregam, brotam na esquadria e de lá mesmo se jogam, parece-me ver a vibração do salto, suas perninhas desprendendo-se e o grito que as embriaga nesse nada do cair e aniquilar-se. [...]". Em *Ritmo*, ela escreve: "Quando criança, a mãe lhe comprava livros. Os dedos se cortavam na navalha fina do papel. — Esta menina é tão desajeitada. Levavam ao médico para ver se ela pegava ritmo. As folhas do livro tinham marcas de sangue e chocolate. Era uma escrita sutil. Uma tentativa íntima da menina sentir." E, ao lado, a notícia, Jornal, 14 de maio de 2018: "Pacientes com coração batendo fora de ritmo nunca podem parar o tratamento."

E assim, removendo lentamente este rocio — notícias ordinárias e imaginação fabulosa, fotografias e epígrafes com as pequenas narrativas —, Camila Prando sugere uma reconfiguração, também advinda de Kafka, a de que a "incongruência do mundo é de índole quantitava" ou de que "no mundo há muita esperança, mas não para nós", e isto porque não conseguimos saltar a história nem provocar uma saliência na história, remexendo mais fundo as mãos na lama, na merda, no abominável estado das coisas todas ao nosso redor. Algumas das narrativas encantadas desse **Dicionário de palavras subterrâneas**, em palavras que nunca emergem, como *Bicicleta, Quintal, Voo* ou *Milagre*, por exemplo, sugerem não um *quanto*, mas um *como*, um *quando*, um *por quê?*, dessas vidas de subsolo, o lado mais baixo da história, desses encontros de mundo do qual pouco se sabe ou que poucos conhecem. Uma literatura com força, sem negócio, sem concessão, com muito do que propõe também Giorgio Agamben ao indicar que "no momento em que te apercebes do caráter irreparável do mundo, nesse momento ele é transcendente. Como o mundo é — isso é exterior ao mundo."

Revista Cult, 07 de dezembro de 2021.

Corpos, Fliperama e perplexidade

"Real ou imperial, quem detém o poder só encontra de fato, no espaço, obediência à sua potência, portanto à sua lei: o poder não se desloca. E, quando o faz, avança sobre um tapete vermelho. Assim, a razão só encontra a sua regra debaixo dos seus pés."

[**MICHEL SERRES**, EM FILOSOFIA MESTIÇA: LE TIERS — INSTRUIT]

María Zambrano, exilada em Porto Rico, em 1958, escreve entre as noções de "pessoa" e de "democracia", que o decisivo de nossa época é, sem dúvida, a consciência histórica que, por sua vez, nos lança a esta dimensão irremediável: a história. E isto sem a banal fatalidade produzida por uma ideia de destino ou de deuses que, de todos os modos, facilitam a explicação do que nos acontece conformando-nos num sentido amorfo, logo sem revolta. Conformação que nos retira, também, qualquer desenho, rosto ou figura do tempo que construímos e vivemos; e conclui que, assim, "não há lugar para perplexidade". Um impasse que projeta pensar, por exemplo, sobre algum "vagido indomável" que o poema possa cumprir, como coragem e tarefa política. Maria Filomena Molder lembra que "o poema não tem mão no imediato, [...], mas na desmedida das mãos que se apresentam fortes e hábeis, há uma nudez que tende para a dissolução da figura poética." E, mais ainda, entende o poema, leitora exímia e inventiva de Walter Benjamin que é, como "uma unidade forjada pela violência de seus elementos", sem guarida, catarse ou libertação do poeta, mas sim diante de um abismo — do mundo, da vida, da linguagem — como se continuasse a nadar apenas para não morrer.

A imagem é linda: nadar com a cabeça fora da água, costume dos povos arcaicos, solitariamente, em rios largos e impetuosos ou mar agitado, e assim recusar a piscina porque é apenas nela que existe chão para o nadador, ou seja, a piscina não passa de "um território para pedestres em massa", o que não é, nem de longe, o caso do poema e nem muito menos caberia ao poeta. Repare-se, numa dimensão às avessas, que mesmo naquilo que se toma como "popular", a letra da canção de Leo Masliah, *Birromes y servilletas*, traduzida literalmente por Carlos Sandroni, *Guardanapos de papel*, gravada por Milton Nascimento em **Nascimento** [1997], tem-se um pequeno e singular dilema a este "vagido indomável": "Na minha cidade tem poetas, poetas / Que chegam sem tambores nem trombetas. / [...] / Não desejam glórias nem medalhas, medalhas / Medalhas, se contentam / Com migalhas, migalhas, migalhas / De canções e brincadeiras com seus / Versos dispersos, dispersos / Obcecados pela busca de tesouros submersos / Fazem quatrocentos mil projetos / Projetos, projetos, que jamais são / Alcançados, cansados, cansados nada disso / Importa enquanto eles escrevem, escrevem / [...]".

Isso, lentamente, deixa em pasmo e assolamento, porém com muito ânimo, a circunstância pânica do trabalho com a linha errada do poema de quem terrivelmente a suporta com força e sentido, porque sabe, que antes e depois do "golpe decisivo", o que vem — como demora ou morada, numa hospitalidade radical — é o contorno de uma solidão insuperável entre liberdade de invenção e pensamento: *fazer o impossível* [tendo em vista, sempre, que fazer o possível e não fazer nada dá no mesmo e apenas mantém *um programa de possíveis, cartografia de um sistema de possíveis* etc.]. No meio disso, a sobra é o frangalho de quem arma um corre-corre diante do óbvio, das falas e do vocabulário dos dias, propaganda e consumo, truque e o mapa do mundo [controle e poder] com *palavras-chavão* e *frases-feitas* que são registradas como desobediência, mas simploriamente para ajustar-se àquilo que se presta como obediência, tal como indica Pasolini: "é o signo dominante desse modelo de falsa 'desobediência' em que consiste hoje a velha 'obediência'."

Agora, diante desses "dias fatais", quando as multiplicidades estão mais ajeitadas em suas conformações reificadas, tome-se a dilação do monstro [da esfinge ao centauro, do animal a donzela, da besta ao anjo, do inerte ao vivo, do miserável ao louco, do rei ao palhaço etc.], numa retratação, para que se possa tocar alguma neutralidade indulgente diante das pequenas coisas e algum milagre laico. Os livros de poemas de Arthur Lungov, **Corpos** [Quelônio], e de Fabiano Calixto, **Fliperama** [Satã Corsário], recém publicados, por exemplo, podem fazer parte de uma disposição à alegoria do pessimismo histórico, porque são tomadas de posição e consciência sem olhos limpos ou inocentes frente à mentira que paira sobre nós como *modelo de vida.* Esta recusa que armam — sem perder de vista a perplexidade nem muito menos a violência dos elementos que estalam e se reviram a cada poema —, lança-se a uma disparidade que, por sua vez, se projeta como tarefa política exatamente quando imaginam, convictos de toda incerteza, os poetas que são.

Fabiano Calixto [1973] tem um percurso que beira a respiração da *land art* de Richard Long, linha marcada para o apagamento num litoral do tempo: vincar com os pés, carne e sangue, a impossibilidade do deserto. Algo que tanto se enuncia como paciência quanto como laceração. Importante ler esse movimento desde o livrinho rebobinado em espiral de fotocópia rápida, **algum** [1998] — "levar consigo um pouco / do mar, ainda vivo, nas unhas" —, ou de **Fábrica** [2000], uma potência — "existir / : etapa / devorada pelo pó" —, entre outros, até **Nominata Morfina** [2014]. Partindo da imagem da máquina devorada pela reconfiguração do espaço e do jogo, a de fliperama, que instalada muitas vezes em lugares públicos resiste entre fichas falseadas e chutes de joelho e coxa, porradas desferidas com a mão errante, reúne um conjunto de textos publicados em periódicos e afins para montar um livro amplo, de respiração longa e, ao mesmo tempo, sem fôlego, uma espécie de *roquenrou* feito de maneira amalgamada entre a postura "beat" e "punk rock" que desemboca numa procura por liberdade e independe das feridas produzidas em todo o corpo. **Fliperama** é um livro impressionante, livre e aberto por uma temporalidade de juventude e frescor — "há muito pouco humor no mundo para / triângulos amorosos / *escargots* e rãs" —, primeiro porque persegue uma maneira de dizer sem meia-palavra, uma tentativa vigorosa para, politicamente, desfazer a *desconversa*, o relato de superfície e *destruir a destruição*; depois, porque o enfrentamento do real é nele mesmo, num corpo a corpo perplexo e díspar, e com uma certa calma para inscrever a raiva: "*nossa esperança de jovens / não aconteceu*" e "*deus não morreu / virou dinheiro*".

Arthur Lungov [1996] junta em **Corpos** uma ideia de suspensão extensiva, quase uma disjunção, que passo a passo remenda-se em poemas curtos e, sobremaneira, muito lentos. Importante perceber que, tão menino, desloque com tanta agudeza seus textos de uma situação meramente retiniana, a do olhar, para provocar alguma esperança no gesto ambivalente da palavra que existe como rarefação e também como um corpo. O procedimento, se é uma composição perto de Godard, mais como leitura do que como montagem, é o que torna seu livro mais interessante. Pode-se ler no poema *Perplexo* uma tentativa de restituição da perplexidade: "voltado para si / esperando rugir // a explosão surge / repentina // : as paredes do tórax / continuam / em pé // o próximo movimento / igual ao último / apenas mais / distante // o tempo da ação / acabou // o romper vem do centro / ou se cala". É aí, por exemplo, que podemos encontrar a proposição de Zambrano que se engendra entre a perseguição de uma ética da história ou de uma história num modo ético. Talvez não ainda como saída, mas já sem nenhuma moral, este princípio que muitas vezes é apropriado por um tempo ressentido que não suporta qualquer "movimento mais quieto / equilibrado". A aporia recorrente, como diferimento, do livro de Arthur, é a de apresentar um corpo que sobrevive insistentemente sempre abaixo e contra a "idolatria pelo factual", esta que a dimensão mais cretina do progresso e da civilização assumem, banalizando qualquer atrocidade. O que Benjamin aponta, seguindo essa direção contrária à catástrofe dos dias fatais, como uma "consciência do corpo", solta e dispersa, "tal como a de uma criança". Ou pode-se pensar no gesto de André Lepecki quando começa a ler a dança de Trisha Brown ou Jèrôme Bel como "exaustão" e "política do movimento".

Os livros de Fabiano Calixto e de Arthur Lungov lançam, cada um a seu modo, em seus gestos singulares, uma potência ao ilegível e impossível do poema. Por exemplo, imaginar que ainda existe um traço mínimo para esticar o conflito até a proporção de problema ou que não se pode sair de uma permanência à margem apenas através da *vivência isolada do idêntico*. É praticamente uma aprendizagem, uma lição, frente a uma lengalenga repetidora da lei; sem imaginação, resta a uma humanidade mímica e unânime a violência da esterilidade ou a do direito. Perceba-se, assim, o que anota Benjamin: "atual não é aquilo que acontece no presente e que muitos veem e vivem à superfície, mas aquilo que atua e promete. Não há atualidade sem consciência da dimensão histórica do presente." Daí que Fabiano anote no final do forte e espantando poema, *Bob Dylan nos iluminará para sempre*: "as mãos pequenas da chuva / nos tocam com imensa delicadeza / e violência / logo ali, / onde o impossível também respira".

Revista Cult, 01 de setembro de 2020.

José mergulha para sempre na piscina azul, e todos os gestos do fogo

Num dos pequenos ensaios de força reunidos em *O fogo e o relato*, o filósofo italiano Giorgio Agamben se pergunta acerca de um "em nome de quê?". A questão se arma exatamente numa situação política sem esperança, uma vida apagada, quando há um mundo deprimido e infeliz, tal como esse em que estamos, porque só se é autorizado a um discurso, em toda conversa, diz ele, quando se enuncia o "em nome do quê". Haja visto um imenso ou violento percurso histórico "em nome de Deus", por exemplo: da *Commedia*, de Dante, até a *Ética*, de Espinoza, ou as Cruzadas com suas perseguições a inocentes, a palavra e a espada. Depois, a economia e a técnica que substituíram de vez a política, mas não podem dar um nome, "em nome do qual falar. Por isso, podemos nomear as coisas, mas já não podemos falar *no* nome." A pergunta, segundo Agamben, vale tanto para o filósofo quanto para o poeta; para o primeiro, se interessa a *verdade*, não se pode falar em seu nome, mas se pode apenas dizer o verdadeiro, ou seja, sobra apenas a interrogativa; ao segundo, não sobra nenhuma tarefa, tendo em vista que a arte, a poesia e a religião foram transformadas em espetáculos e não tem mais eficácia histórica: "são nomes dos quais se fala, mas não palavras proferidas no nome."

E nesse movimento de alhures e nenhures, a caminho do inferno, este onde já estamos, aponta para a coragem que se demora, *mora* e *morada*, entre dizer e calar "em nome de um nome que falta", "o nome ausente exige que falemos em seu nome". Ou talvez, a ambos, resta dizer em nome da língua da qual desapareceu o nome de Deus; ou para o poeta resta cumprir a exigência de dizer em nome de *um povo*, termo que normalmente é sinônimo de Deus, e este *um povo* é, ainda, a sua única e faminta emergência: dizer a um povo que falta. Agora, repare-se num nome, José, e perceba-se de imediato a cantilena do chamado: do carpinteiro cumpridor de uma hospitalidade radical a um arquivista de nomes e atribuições desvalido da própria existência, do "e agora, José", de Drummond, até uma mínima matéria publicada no Jornal do Brasil, em 1972, que anuncia este *um qual-quer*, matável: "José mergulha para sempre na piscina azul": na Estrada da Paz, 1022, na Tijuca, Rio de Janeiro (onde mais seria?), um operário nordestino, José Carlos Pinto, pula na piscina de uma mansão porque não resiste ao azul que vislumbra sobre o muro, "um primeiro alumbramento", nu, "entre um instante de prazer e a eternidade dura dos que nascem e morrem pobres", e morre afogado, não sabia nadar.

A rememoração do poema de Manuel Bandeira tirado de uma notícia do jornal *Beira Mar*, em torno de um João Gostoso, carregador de feira livre, talvez bêbado, e suicida, pode ser imediata, porque está-se diante de um tempo em que os jornais ainda falavam dessa coisa tão impressionante e simplória a que Rubem Braga tomava como "vida", mas o arremesso vem e reaparece de outro modo quando a notícia acerca de José cai, sabe-se lá como, nos impasses de um poeta que se pronuncia, em meio a coragem, frente a um mundo sobre o qual é preferível, muitas vezes, calar-se, retirar-se, desistir, morrer-se. E se a coragem se vincula ao poeta sem armas, como sugere Hölderlin, a uma língua sem nomes, logo, a uma língua sem povo, *demos* e *ademia*, temos aí a indissolubilidade que junta poesia e filosofia e que nos remete, sem meio sentido, à ideia de que o nome da política que temos, *democracia*, segundo Agamben, é simples e essencialmente *ademia*, uma palavra vazia. Mas é também numa releitura de dois poemas de Hölderlin que Walter

Benjamin nos lembra, bem antes de Agamben, com alguma esperança e coragem, que ainda pode haver *alguém para algo*. O livro de Marcelo Reis de Mello, publicado agora pela brava, livre, respeitosa e forte Garupa Edições, leia-se aí também a editora atenta e atenciosa, Juliana Travassos, parte desse apontamento tão inespecífico e estrondoso ao imprimi-lo como título e questão: *José mergulha para sempre na piscina azul.*

Estamos agora diante de um livro de crise, incendiário, em fogo e relato, porque Marcelo, aos poucos e devagar, tem procurado perceber um mundo ao redor que é todo de 'um outro', ou de 'uns' e 'outras', errado e errante, basta reler seus livros anteriores, e agora desqualificando e anulando sem nenhum pudor e com muita imprecisão a figura daquele que narra ou se narraria a cada linha, página e poema: "tempo de incêndios" é o primeiro poema, a partir daí o que se tem é uma convicção irresoluta e irrespirável da dificuldade entre a política e o poeta. Ao mesmo tempo, se vale de um jogo precioso e incomum, que é o de tornar seus amigos e amigas, quase todas, quase todos, de alguma maneira, nessa imprópria figura que narra, narraria, os poemas. Assim, não são mais apenas textos de um único autor, que os assina com o seu nome, mas sim a expansão da assinatura até a possibilidade de seu apagamento quando ela se amalgama numa comunidade exasperada, porém viva, vivíssima, que não se furta a um enfrentamento, mesmo que seja o de bater em retirada, diante de um real tão difuso e pouco profícuo. Essas presenças se espalham pelos poemas e parecem saber que estão ali, uma a uma, sem acomodação e convidadas a um cabo de guerra, sem hábito ou habitação, soltas e arriscadas numa ponta aguda de palavra.

Essa comunidade reconfigurada, interrompida, está anotada em várias linhas, coisas como: "o coração de um bodhisattva não arde como o nosso", "damo-nos conta / de que olhar / tem a ver / também / (ou sobretudo) / com o tempo", "sempre soubemos, amigos // quem pensa demais / acaba por tornar-se / um pouco pálido", "a essa altura já não esperamos / que pegue tão mal / o nosso manifesto", "*sujos e alegres / após a inundação,* disse Marona" e, entre tantos outros exemplos, a delicadeza e a suspeição de "pois somos meninos românticos / e, mesmo fora de moda / sabemo-nos perto / bem perto da morte" etc. É numa curva de inteligência, leitura e observação, arejamento e tomada de posição, sem a toleima equívoca de acordo ou desacordo, que Marcelo projeta *uns josés* em seus poemas que, sem parar, reclamam o sentido e a travessia de, pelo menos, saber que "- o mais próximo do vivo ainda é o morto / - o nosso paciente é um cadáver" e "encarar de frente / o fogo" para uma vida mínima e máxima diante da vida. O que não se postula pela jurisprudência do direito, ou um direito, mas numa dissecação, como indica Marcelo, é o que se postula como exigência.

O crítico e professor Raúl Antelo lembrava, numa conferência recente, da frase de Benjamin retirada de seu *Para uma crítica da violência*: "A violência que mantém o direito é uma violência que ameaça". E esticava a questão até a indicação de Fabián Ludueña, o de uma agregação sem coesão e de uma conexão sem comunidade. Pode-se pensar que a impossibilidade de um desenho do comum tenha também muito a ver com a circunstância simplória de uma ideia proeminente do capitalismo: a da cooperação (que muitas vezes é falseada pela ilusão do dinheiro, e assim funciona, por exemplo, sob a promessa incorrigível das gestões neo-liberais, dos sistemas bancários e de seus correlatos), sempre sem nenhuma solidariedade. A pauta solidária é a que se distancia da ação e só é possível no gesto, a nada, como um poema que se lança numa temporalidade de vazios. Num fragmento de *O salto,* lemos: "uma estranha eletricidade / rampa os ossos / enquanto descemos o morro / ofegando como potros / prestes a aprender a andar / trombando nas coisas / nos cascalhos todos / entre guimbas e garrafas / de pessoas de bem / com seus olhares de cima / e veneninhos gourmet. // [...] (porque fracos somos sempre um pouco)."

José mergulha para sempre na piscina azul evidencia um trabalho com o pensamento e raspa um sentido de *re-habitação*, talvez perto do que planejara Gary Snyder e alguns de sua turma também exasperada, como Gregory Corso, Neal Cassady e Diane di Palma. O gesto é desfazer essa dicção malamanhada do relato pessoalizado, quase sempre meramente burguês e tecnocrata, de uma cooperativa nada solidária, e que sempre pode ser lido como sintoma e sintomatologia de um tempo que não podemos compreender, para, bem longe disso, noutra fímbria, e aí sim, reabrir algumas feridas que estão ajustadas a um processo histórico que sobreleva apenas e momentaneamente, também como espetáculo, quem se conforma para falar "em nome do quê?". Numa tomada de posição às avessas, *ou ao lado*, o que se lê neste livro de Marcelo Reis de Mello é uma tentativa de dizer em silêncio, este tempo embaçado do poema, ou dizer no sem-nome, no sem-lei, no sem-povo, quase anônimo, anárquico, aprosodicamente, para ter, como quer Agamben, algum acesso à política e à poesia que vem. Por fim, anotado bem no meio do poema "Viver é um estado de exceção", lê-se um gesto de fogo: "por isso exercitar o gesto / indeciso o corpo / que hesita — ou quase".

Revista Cult, 29 de julho de 2020.

Carlos Orfeu, um pequeno mundo das coisas

"Quem pagava a conta?
Tantas histórias.
Tantas questões."

[**BERTOLT BRECHT**, EM PERGUNTAS DE UM OPERÁRIO QUE LÊ]

Devagar escolha-se o poema que tem o segundo maior título, pode ser um começo: *o rosto é uma casa que desaba na paisagem*. Nessa força e nesse empenho traçados sob uma laceração de vida e mundo [o título é impressionante], há uma imagem que oscila, como transparência, sem nenhuma tipificação, porque há também, ao mesmo tempo, na imagem, uma espécie de ciência do quanto escrever é uma tarefa sem importância, mero descrédito: "é desequilíbrio / na torção da dúvida". Ao contrário, e sem muito esforço, tem-se a disjunção de que se está diante de um livro de leitor, ou seja, de um livro imenso. Vale tocar a ideia de que *imenso* remete, de pronto, à desmesura, ao limite impossível, logo, ao impensável. E é esta polissemia desviante do termo que pode reconfigurar e desmontar a exigência hierarquizante de que *imenso*, por sua vez, esmagaria o pequeno, o simples, o menor e, principalmente, a lição silenciosa contra a categoria imperiosa e ostensiva da totalidade, que determina tanto o objeto quanto o sujeito e que, ainda e cada vez mais, apruma-se diante de um único ponto de vista: o do indivíduo. Ou seja, a totalidade é um descrédito.

O título longo e a imagem fazem parte do livro de Carlos Orfeu, **Invisíveis Cotidianos** [Patuá, 2020]. O jogo invertido entre substantivo e adjetivo, quase um recurso óbvio e que pode revirar-se num ruído, é muito mais um princípio vigoroso, político, que se evidencia a cada poema: tem-se no jogo um caráter que aponta ao comezinho e seus enfados para salientar alguns mínimos pontos de guerrilha, instantâneos de circunstâncias insurrectas que vêm no exercício de um dia-a-dia de trabalho incluindo-se aí, o tempo inteiro, a vida diante do pensamento que resvala até o poema e no poema como última incidência ou acidente. Tanto que o que aparece, imediatamente, entre *rosto — casa — paisagem — desequilíbrio — torção — dúvida*, é a percepção que se está diante de um livro expandido a UM OUTRO, esta escritura rara que liga certas banalidades capturadas a observações mais gerais, orientando o inacabado, o sem mapas, a uma luta sem forma adequada, como já apontara Walter Benjamin: a das imagens.

Basta ver como Carlos retoma a discussão em torno às seriações do *rosto*, grosso modo entre Ahab [o personagem de Herman Melville, devorador de almas] ou Emmanuel Levinas, "mesurar o infinito", por exemplo, e propõe o "possível" como infinito, uma esperança. Nessa curva encantada, "iluminação profana", não é à toa que recupere a fenomenologia de Gaston Bachelard, a "imensidão íntima de todas as coisas", e a síntese da geografia algébrica e alucinada de Josoaldo Lima Rego, "o múltiplo das pequenas coisas", recuperações que são as suas epígrafes, para abrir seu livro com um quadrado preto, à esquerda, e no primeiro poema, *sépia*, à direita do quadrado preto, indicar que se está diante de certa "imobilidade dos rostos // e o inapreensível grito / das coisas insubstituíveis". O quadrado, a forma fascista e irresoluta, desaparece, é anulada frente a dilação ambivalente dos poemas armados em pequenas séries convulsas: animais, frutas, partes do corpo devoradas pelo trabalho [como os olhos e as mãos], desenhos de uma casa que se afaga num quintal sem planejamento nem coerência, porque "o caos é uma granada de cansaço" [o que desfaz a encenação maquínica da casa de Le Corbusier e que Joaquim Cardozo tomava como insuportável reprojetando-a numa "arquitetura para o homem" entre vizinhança e espaços de partilha e, depois, tomando posição e repulsa à uniformidade melancólica dos conjuntos habitacionais opressores], e objetos em processo de revolta com sensibilidade anarquista e sem a bobagem descarada e hipócrita da gracinha, do gracejo: "na anarquia revoluta / de não serem mais submissos // os objetos / no ápice / do domínio da espécie // racionalizam-se".

Difícil imaginar que — em tempos tão esgotados, quando a defesa habituada de um realismo convicto e repetitivo cheira a poder — uma experiência tão antiga, como a de uma vida interior atravessada de sonho pode ainda implodir um livro de poemas refazendo esses sentidos, ou seja, os de pensar sobre o que acontece e entender que o sentido dos fatos depende do futuro, não apenas dos passados esquecidos, e que é nesse futuro que mora ou pode morar alguma paixão pelo mundo. Carlos Orfeu leu de William Carlos Williams a Charles Olson, os poetas da *Black Mountain College* e, principalmente, alguns ditos "objetivistas" como George Oppen e Louis Zukovski e, depois, noutra ponta, Robert Creeley [tão importante para um poeta como Régis Bonvicino, que o traduziu, e que tem exatamente na luta das imagens uma disparidade singular de pensamento com o poema] e o próprio Régis. A partir daí, se não leu, leu melhor ainda: basta ver o poema *Anew*, de Zukovski, ou *Blood from the stone*, de Oppen, para entender por onde Carlos se move, mas a seu modo, como se numa decomposição contaminada e circunscrita entre tantas imagens aproximadas a uma vida que se opera num abismo social bélico e, agora, esvaziada por completo nesse país pasmado, parado, assistente de uma perversão sem saídas.

Mas é com Williams [um outro Carlos] que esta decomposição se abastece muito fortemente, em poemas como *gato* ou *carrinho de mão*. O poeta americano, repare-se, publicou em **Spring and all** [1923], *The red wheelbarrow*; na tradução de José Paulo Paes [1987], *O carrinho de mão vermelho*: "tanta coisa depende / de um // carrinho de mão // vermelho // esmaltado de água de / chuva // ao lado das galinhas / brancas". O poema de Carlos Orfeu, *carrinho de mão*: "carrinho de mão / vermelho // emborcado / parece um besouro / com cimento / incrustado / na casca de ferro / movendo / patas / de / areia / ao / lado / dos tijolos enfileirados". A presença de uma animalidade mais tensa e faminta, das galinhas laterais para uma aparência de besouro [rosto?], numa beira de sufoco e morte, refaz as especulações acerca de um real sem a modulação idílica do primeiro e com um outro desenho de trabalho: da água da chuva para o cimento e os tijolos em fila. A chuva, se fosse o ponto, a questão, aparece no último fragmento do último poema do livro, o que tem o maior título, também como um animal faminto e enlameado para engolir a casa ou qualquer ideia de casa sem víscera: *no rosto que é um quintal é preciso caminhar lento*. Em seguida, 2 quadrados pretos que encerram o livro. Diz o fragmento num raro desenho da linha em todo o livro, mais esticada, que respira menos exatamente porque mais longa e numa disposição política diferida, à escuta: "a chuva desce em sua bicicleta de muitas pernas / tempestuosas: com relâmpagos em suas unhas / fareja como animal a réstia de fome grudada / na colher cravada na lama onde também há / sépia de abraços que são o casulo apodrecido / da família partida nos ventos: o quintal abre / sua monstruosa boca esponjosa e vegetal / a chuva fugaz como uma criança exasperada / cava batendo nuvens na língua que é o templo / de tudo que volta em som: palavra e escuta".

O livro de Carlos Orfeu, o seu trabalho com o poema, é uma rarefação e uma deriva da força contra os procedimentos de "identificação afetiva" [ainda mais num tempo tão ordinário quando o termo *afeto* é usado numa genealogia vazia, sem a oscilação de sentidos que aponta também para *volição, raiva e ódio*] e de "indolência do coração", isto que tanto escraviza e faz sofrer os que são oprimidos para a composição da forma histórica: escravos, camponeses, operários. Uma pequena volta do parafuso: **Sobre o conceito de história**, *Tese 7*, Walter Benjamin. Carlos opta, é esta a sua brenha de escrita, em "ver o mínimo do mundo" — está impresso no colofão —, e sofistica o poema ao infinito do limite, esta desmesura, para indicar que, mais do que nunca, ler no autor é apenas dinamitar e reproduzir a falência da cartografada e tola ideia de sucesso. Ler no leitor, este desamparado, gesto, é esticar o inexplicável de sua origem até seu termo, o inexplicável diferido: esta espiral. Não à toa, na fotografia de Carlos Orfeu na orelha do livro, natural e organicamente, ele aparece lendo Cesar Vallejo, que certa vez anotou: "Por el analfabeto a quién escribo". Este **Invisíveis Cotidianos** é uma coragem, *imensa,* que só existe naqueles que lutam contra a miséria do pensamento.

Revista Cult, 29 de setembro de 2020.

Rita Isadora Pessoa e uma *pequena fábrica de ruínas*

"o grande Leviatã é a única criatura
do mundo que deverá permanecer
para sempre inexprimível"

[**HERMAN MELVILLE**, MOBY DICK, CAP. 55]

Paulo Leminski afirma num artigo intitulado *Sem eu, sem tu, sem ele* que um texto literário é objeto sem autor, para leitor nenhum, não se refere a nada e, principalmente, que existe alguma coisa na palavra que não é matéria. A ideia: modular o gesto automático de que um indivíduo é capaz de fazer literatura; para ele esse *fazer* só é possível *com* a humanidade, ou seja, com uma comunidade de acrobatas. Daí, repare-se, numa abrangência, quando alguém ainda pede uma lista "para beirar a bobagem" [mesmo num ano com mais de 230 mil mortos no país, até este momento, por uma pandemia insólita e negligência genocida] e apenas celebrar o comando hierárquico dos 5 ou 10 "melhores do ano": livros, autores, celebração. Ou seja, simulacro e simulação, sistema de regras bancárias, restrições e controle. Daí que Leminski empenhe-se em rasurar a paisagem: "Hoje, não há mais alienação, já que tudo é alienado, a alienação tomou conta de tudo" e "Neste mundo sordidamente mercantil que nos foi dado viver, temos um pavor instintivo de todas as coisas intransitivas."

Esta rarefação de poder sobre a qual também assenta a literatura e o poema, tal e qual, só se engendraria ainda como um corpo que se debate diante do impossível até a ruína do real se numa fragmentação múltipla das coisas e das imagens deixadas em estado de penúria e putrefação pela história, sem compromisso ou dilação de origem. Walter Benjamin, ao inscrever assim a luta da vida com as imagens, talvez projetasse aí algum futuro mais fabuloso entre pó e folhas impensadas e alguma intransitividade. Leia-se o caso do recente livro de poemas de Rita Isadora Pessoa, **Madame Leviatã** [Edições Macondo], que inicia exatamente com a armadilha de um lugar oscilante e uma disposição plural: "na nossa pequena fábrica de ruínas". Em seguida, pode-se começar a entender a divisão do livro em duas partes que repartem o jogo: *Sobre a manufatura de mitos autodestrutíveis* e *Em caso de emergência, estes demônios serão despejados nos jardins do palácio*. Importante lembrar exatamente frente a essa divisão que, antes, Rita fez tese de doutoramento acerca de **Moby Dick**, de Herman Melville, um leviatã infinito que o tempo inteiro atravessa a vertigem de uma "monomania" definitiva e múltipla, de uma "loucura felina e astuta" e de uma "coragem para sentir medo".

Uma questão que o livro impõe, lentamente, a cada linha, seria pensar em qual ponto estreito o trabalho de Rita com o poema se vincula também ao pensamento deliberado que leva o *Pequod*, o barco de Ahab, a um jogo entre o humano e a animalidade. Recuperar, via Ishmael, o narrador imaginado por Melville, o traçado e a inferência da aparição do monstro marinho que vem dos textos bíblicos, o **Livro de Jó** e o **Livro de Isaías**, como sombra materializada e demoníaca, "longa, forte, tortuosa, veloz", em uma aventura de escrita com imaginação imensa e rara. Aventura que já está em seu primeiro livro, **A vida nos vulcões** [Oito e meio], quando opta por montar uma série de explosões figuradas do corpo, da terra e do fogo do corpo, como se um só plano de astros, ao mesmo tempo, e sem especulação metafísica. As pistas neste **Madame Leviatã** são inúmeras, coisas como "meus minidemônios meridianos / brotando barbatanas brânquias / braços // enquanto fraturo / ossos imaginários / para acolher / em silêncio / uma nova ordem // de feras" ou "desejo insincero de ser outra: / pele e vísceras singradas," e, ainda, "— a imagem que tem vem / é de um leviatã composto de destroços e vento / que se move / de um ponto a outro" ou "que animal é este?"

A tarefa a que Rita se impõe, quase sempre, dobra-se sobre uma tentativa de escrever de pé, praticamente perseguindo a síntese inventiva do irrequieto e ambíguo Drummond, "melancólico, e vertical", sem cair de joelhos à espera de que o poema pacientemente explique ou denote qualquer coisa. O que se tem é a sugestão de uma temporalidade sem esperança alguma, quando nada pode apresentar salvação e quando todo espaço se comprime num universo sem freios do corpo desejante: "queria escrever um poema sensorial, um sobrevoo rasante, ébrio, erótico, / com palavras que pudessem salvar algo disto aqui, mas o poema ele fracassa". Não como tema, mas como um achaque, um risinho sempre à sério, se impõe a "escrever sobre o amor", como uma "madama", senhora de tudo e de nada, ambivalentemente, ser e não-ser, sem perder de vista que *madama* é também um pequeno monte de terra que sobra de uma escavação, arqueologia errante, ou, numa cisma, é uma testemunha desamparada e firme. Ela anota: "mas escrever sobre o amor / é como fundar um país íntimo / deslocado à parte / de um domínio continental / operante // escrever sobre o amor / é como violentar um poema / no seu cerne / de crisálida / quase sem pele / ainda sem asas".

A troca de pele, humana-animal-flor, lida como uma "catástrofe natural", e recuperada nessas imagens destoantes, sem parada nem fixidez, sem lamúria mínima ou pranto, mas muito mais com a força daquela que imagina perceber que o enfrentamento da vida e do mundo se faz "a cada acidente epidérmico". E aí, com alguma argúcia, se pode ler a distância incrível que poetas como Rita têm de uma maioria esmagadora e espalhada numa troca falseada através da revelia da fé [ideal e glória], e isto porque não atribui seu trabalho nem a seu trabalho uma retenção religiosa, mas o faz deliberadamente percorrer uma ansiedade de futuro como releitura crítica, reler a crise. A imagem do Leviatã no clássico de Hobbes, este que pensa a partir do paradoxo de Tácito, por exemplo, diz o ponto em que a religião, fruto do medo e da imaginação leniente, funciona como um pacto conformado e reverente numa sujeição à sobrevida. No livro de Rita tem-se a presença de um sem número de suas leituras, devidamente anotadas; o convite final à destruição do livro, sem nenhuma ironia, em "caso de eventos extraordinários"; a liberdade que vem em todo o livro e que se figura em pequenos acontecimentos como o de uma "geometria incansável / da foda / do limite / das cordas", "é que eu tenho uma coisa com gatos" ou "me deito quieta nua / sobre a impenetrabilidade fumegante / deste chão de pedra" etc. são as impertinências de quem se move numa reserva expandida para escrever simplesmente UMA outra Leviatã, quase a mesma, mas diferida, diante da "nova edição *unabridged* do livro de jó" que lhe convida, alegre e ironicamente, todos os dias, na "consistência / do relacionamento lésbico", a dançar com a morte.

O ponto de insurgência do livro de Rita, este **Madame Leviatã,** pode se demorar [*mora, morada*] na intransitiva e dialética proposição de Leminski: "não existe isso que se chama 'escrever bem'. Existe é pensar bem. Escrever é pensar. Quem pensa mal, escreve mal. Não há habilidade retórica que consiga disfarçar um pensamento fraco ou medíocre." E é assim que o trabalho impensado, forte, bonito, porque de natureza frágil, deteriorada, precária, de Rita Isadora Pessoa, é capaz de trazer à lembrança uma lista instável e minimamente abrangente, sem hierarquia sórdida, aqui e acolá, "não fosse tanto e era quase", de trabalhos que não renunciam à liberdade do pensamento e do corpo como uma aventura do poema que ainda pode ler, de algum modo, a vulnerabilidade da política, ou seja, pensar *com* o poema mesmo que ele não se inscreva, que ele fracasse. Escrever COM uma comunidade diferida e imaterial de acrobatas: Adriana Gama de Araújo, Aline Prucoli, Ana Carolina Assis, Ana Estaregui, Annita Costa Malufe, Bruna Carolina Carvalho, Camila Assad, Carolina Machado, Chantal Castelli, Cláudia Sehbe, Estela Rosa, Katia Maciel, Joice Nunes, Júlia de Sousa, Júlia Studart, Juliana

Krapp, Laís Romero, Lorena Martins, Marília Garcia, Mayra Redin, Micheliny Verunschk, Natália Agra, Prisca Agustoni, Raisa Christina, Renata Flávia, Sara Síntique, Vanessa C. Rodrigues, Veronica Stigger etc. Essas, e algumas outras, sabe-se lá, que também podem ser lidas e imaginadas como *madames leviatã*, tal como diz Rita: "criaturinhas aladas / que voam suicidas / em direção à luz".

Revista Cult, 04 de dezembro de 2020.

Uma última e popular canção de rua, a do arbítrio

[...]
Quando você ouvir
Essa canção que eu fiz
Não esqueça de sonhar
Até amanhã, até amanhã, até amanhã

[**LÔ BORGES / RONALDO BASTOS,**
CANÇÃO POSTAL, 1972]

Walter Benjamin, impressionado com as "explosões do inconsciente" e com os usos deliberados da "imaginação", escreve, em 1929, um ensaio de força em torno do surrealismo na França. Mesmo que, depois, ele se surpreenda com o rompimento de alguns surrealistas com aquele comunismo que reclamava e com o "beco sem saída" a que o movimento chegou, não se furta em ampliar o sentido dessas explosões no que toma como "iluminação profana". Em meio a essa ampliação, pensa que há — principalmente em Breton e seu **Nadja** — uma "experiência revolucionária" que se expande entre "tristes viagens de trem, de tardes de domingo desoladas em bairros operários das grandes cidades, do primeiro olhar pelas janelas molhadas da chuva numa nova casa." E que tudo isso faz explodir uma força da atmosfera que se esconde em cada uma dessas pequenas coisas que, muitas vezes, se equilibram entre escravizantes e escravizadas numa miséria infinita. E reforça, como um enfrentamento a essa miséria: "Imagine-se como seria uma vida que, num momento decisivo, se deixasse levar pela última e mais popular canção de rua".

Tocar os poemas de Ricardo Rizzo, nascido em Juiz de Fora [1981], principalmente os de **País em branco** [Ateliê Editorial, 2007] e **Estado de despejo** [Patuá, 2014], pode produzir uma brenha e uma brecha em meio a essa miséria das coisas e, ainda, alargar o sentido de uma explosão, silenciosa como é cada um de seus poemas e livros, com uma força da imaginação que refaz o contrassenso de um pessimismo óbvio para o fim do mundo, para o fim de um mundo, para o fim de uns mundos. É Ernst Bloch, ao constituir uma projeção com o seu **Princípio Esperança** [1954-59], quem nos lembra que estamos o tempo inteiro precipitados na miséria. E afirma que numa luta efetiva contra a natureza, as primeiras tentativas de saída dessa condição, em uma disposição utópica, se davam através da pele nua que forçava decididamente o homem a inventar: descobrir a terra é inventar mundos, ou seja, *engendrar* estranheza e um inespecífico e não simplesmente *gerar* um mesmo ou um próprio. Inventar alguma coisa para prolongar o tamanho do punho, com algo que não cresceu nele, como uma clava ou um machado de pedra, por exemplo, já era no mínimo um bom artifício contra os lobos. Um lance infinito: descobrir maneiras impossíveis de colocar as coisas da terra ao nosso alcance. Depois indica que, cobertos do que não nos é próprio, mas sim do que vem a partir de fora e nos anula a pele, confrontamos um mundo retesado enquanto tudo aquilo que remete à invenção, sem entranha ou abismo, passa a solicitar apenas finalidade, desfecho, objetivo; isto que provoca apenas a nulidade de toda invenção.

Mais recente, em **Canção do arbítrio** [Patuá, 2018], Ricardo Rizzo retoma deliberadamente a sugestão de Benjamin, a de um momento decisivo refeito numa vida que se deixa tocar por uma canção popular de rua e, ao mesmo tempo, estica o gesto da canção até a linha impossível de uma ideia severa de estudo. Anota no poema que abre e que dá título ao livro: "filho único / da razão pura / com o cansaço"; "por alguns dias / à caça de seu coração / lança cordas de fracasso / contra o rastro." e, mais adiante, "A mercadoria abre passagem / entre esses objetos / ex-vivos / como se folheasse livros / finalmente devolvidos / à biblioteca incendiada." Há um entendimento de quem se debruça mais a fundo ao dispêndio da biblioteca que pegou fogo e com rara paciência diante de uma vida sem tempo [rastro, passado, peso, fracasso, ex-vivos etc.]. Basta ver e ler o trabalho empenhado que desenvolveu e publicou em torno de uma leitura crítica de José de Alencar, **Sobre rochedos movediços: deliberações e hierarquia no pensamento político de José de Alencar** [Hucitec/Fapesp, 2012], para reposicionar e reconfigurar algumas ações e textos daquele que projetara um cinema, também de brenha e brecha, com seu **Iracema**: "tudo passa sobre a terra".

Neste **Canção do arbítrio** salta o que há de mais singular no silêncio dos poemas de Ricardo Rizzo: ao nomear a sua tarefa com o poema de "estudo" procura, radicalmente, desfazer a nomeação daquele que cumpre a tarefa e que seria ou é, sempre numa condição equívoca, "o poeta". A lista de títulos produz, quase como uma *telecinesia*, um movimento de penetração à distância: "Estudo com latidos e metáforas", "Estudo com uma grafia aflitiva", Estudo sobre uma abertura", "Estudo para uma anexação", "Estudo para uma conservação", "Estudo para uma entrevista", "Estudo para um outro mundo", "Estudo para uma circuncisão", "Estudo para um estado curdo", "Estudo para um sistema de metas" e "Estudo para uma licença ambiental". Depois, aparecem "Campo dos Afonsos", "Telegrama para Fernando Brant", "Travesti negra responde" e "O cão vida". Para Giorgio Agamben, o estudo é uma condição da existência, o ponto em que um desejo de conhecimento atinge a máxima intensidade e se torna uma vida, nunca uma meta.

Se se começa a ler pelo "Telegrama a Fernando Brant", pode-se também, de pronto, rever as circunstâncias da re-exposição de um mundo: o violão que aprende duas ou quinze canções de rua, do *Clube da Esquina*, movimento de músicos em Belo Horizonte que desde os anos 1970 remove corações suspeitos diante de uma única ideia, mas nunca fixa, a de que é preciso inventar tudo: "Varrem um país aborrecido / com o silêncio dos digeridos. / Mas os amigos passam bem, / venceram todos os imprevistos. // Um milagre, dizem. Um espelho / na contracapa de todos os discos." Antes, em "Estudo para um outro mundo", anota: "No interior / do filme / sobre a história / da câmera / uma fonte de água / filmada como se / estivesse / mísera. Mera / alusão à memória. / Mero início, sugestão / de um outro mundo, / liso e férreo, gélido, / sem órbita, / com sua heráldica, / sua balística / e sua crise hídrica." Ou em "Cão vida": "-'Estou cansado', pensei, / [...] // -'Como assim cansado? / você ainda deve morrer: / [...]." Os poemas de Ricardo Rizzo têm uma reviravolta de força e esperança, estes engendramentos, contra a miséria que geramos e, assim, a cada estudo, vem um debate de corpos entre prognose e profecia, entre o que existe e o que não existe ainda, mais ou menos como aquilo que Pasolini chamara de "ficção criadora do vivido" ou, numa pergunta: "não é pela felicidade que se tenta mudar o mundo?".

Revista Cult, 28 de fevereiro de 2019.

Tarso de Melo: nem poesia, nem pão, nem circo

Após a morte de Deus
abriremos o testamento
para saber
a quem pertence o mundo
e aquela grande armadilha de
homens.

[**EWA LISPKA**]

A poeta croata Vesna Parun [1922-2010] escreve uma linha singular num poema acerca de oliveiras e mulheres: "E a vida transborda como nos velhos livros". A partir dessa linha que encerra o poema e se abre numa deriva da conjunção E que, por sua vez, remete àquilo que veio antes, praticamente um segredo entre amargura e pesar, e se dilata no que vem depois, uma simples história do futuro equilibrada no fio tênue da vida em transbordo e de velhos livros. Da expansão dessa imagem entre a vida, o livro e o gesto para alguma história do futuro, torna-se possível começar uma mínima leitura do trabalho de Tarso de Melo [Santo André, 1976]. Assim, numa pequena volta do parafuso, em 1997, ele publicou uma plaqueta **Poesia, pão e circo & Paulo Leminski: ofício de fascínio** [Alpharrabio Edições]; nesses 2 pequenos textos, entre Murilo Mendes e Leminski, afirma com um pensamento de jovem, logo, ingênuo e forte: "Querer que seu poema mude o mundo é tão absurdo quanto 'dizer que a liberdade tem que estar a serviço de alguma coisa', lembrando Leminski."

Importante *parar para reparar* no empenho político da frase escrita aos 21 anos. Numa certa dimensão juvenil é que se tem a aventura de pensar o impensável ou de projetar o impossível, pensar a nu, com a ideia fixa, de que o poeta "é uma necessidade orgânica da sociedade" em meio a uma "utilíssima política, que há muito não convence." Numa mesa partilhada, em fins desse mesmo 1997, na Biblioteca Mário de Andrade, em São Paulo, com a língua refinada de fábrica e música da poesia de Fabiano Calixto e um traçado concreto, preocupado e fabuloso da poesia de Kleber Mantovani, entre o abraço amigo e as estrelas vermelhas para o peito, esses *Durangos Kids* errantes de Santo André e um nordestino trotskista-cangaceiro às avessas e do litoral, foram os rápidos e singelos comentários que Tarso de Melo fez acerca da relação oscilante entre poesia e política, como responsabilidade, que chamaram atenção.

Desdobrando essa relação — poesia e política, poesia como política —, os livros de poemas que publicou a partir daí, de **A lapso** [1999] até este **Alguns Rastros** [2018], perseguem uma construção entre página, palavra, espaço e sentido que se imprime de uma maneira nada extraordinária, mas numa circunscrição irrestrita do fazer com o corpo: lançar-se ao mundo, estar nele numa disposição aberta para a composição do comum. Tarso é um poeta da linha, quase a linha já clássica do verso livre, mas revirada no contraponto, no contra-sentido, como uma espécie de Paul Klee revolto entre as insuficiências de um contorno do real e da realidade ampliada, quando "o elemento mais limitado é a linha, que se mostra como algo voltado exclusivamente para a medida" e, ao mesmo tempo, uma esfera entre "os mundos fragmentários do conteúdo". Seus poemas têm a ver com uma força formadora e nunca aparecem, mesmo quando reimpressos, como se tivessem uma forma final.

Este **Alguns Rastros** [Martelo Casa Editorial, de Goiânia] é um passo a passo lento, uma caminhada devagar, por pequenos traços de todos seus livros anteriores, numa ideia de flor, a antologia, e a antecipação de uma outra que vem, maior e mais abrangente, para juntar-se a que publicou em 2014, **Poemas** [Dobra Editorial]: **Rastros**, anunciada para 2019. Nesse **Alguns Rastros**, porém, um livro magro, delicadamente envelopado, guardado à velcro e encardenado com um delicado cordão de amarrar pacotes frágeis, o que se tem é uma remissão ao jogo daquele que entende e tenta perceber, com alguma pressa, o mundo ao seu redor como se este mundo, o que criamos, fosse apenas um diante de agora. No fragmento 4 de *Variações sobre o medo*, anota: "(as asas insones de um pássaro / espancam, na distância, a memória / desta noite, deste mundo)".

O esforço de Tarso nesse livro mínimo é o de esticar o embalo de alguns de seus poemas numa dança de afrontamento aos pontos extremos e insustentáveis de uma humanidade medíocre e, praticamente, quase desprezível, como no panorama de *Fúria*, quando apresenta um dos impasses mais importantes de seu trabalho que se elabora nas tentativas inconclusas de ler a vida que escapa dos organismos descontrolados que são as grandes cidades: "chega o dia em que o concreto cansa, / o aço depõe suas armas, dissipa os vidros, / desatam-se os nós impotentes da madeira, / cordas, cabos, correntes desistem da tarefa, / o plástico não se lembra de suas obrigações, / o mármore dobra sob nossos pés e levamos / a ponte pouco a pouco em nossos pulmões. / um dia, é a cidade inteira que se aconchega, / maligna, no vão livre de suas costelas".

É no meio dessa dança reta, em linhas firmes, que impõe sua medida, quase sempre desmesurada, da responsabilidade da poesia com uma terra humana que, de todos os modos, perdeu sua vinculação de essência: a dobradura de um *res a missa* entre o humano e o animal no humano. Algo como: para a humanidade nem poesia, nem pão, nem circo, nem ofício de fascínio, recuperando ou deixando sempre vivos os textos de sua primeira publicação, de 1997. Nessa trama, vale lembrar de Walter Benjamin lendo e relendo **El Circo** [1917], de Ramon Gomez de La Serna, por volta de 1927/28, e tomando nota de que "o circo é talvez um parque natural sociológico, no qual se executa o jogo entre as castas dos senhores, composta de criadores de cavalo e domadores, e um dócil proletariado, a plebe dos palhaços e dos empregados de estrebaria ainda ingênua, sem força revolucionária. É um (talvez estranho) lugar da liberdade de classe. Mas é ainda um lugar da liberdade em outro sentido: com razão disse Serna, em um conhecido discurso realizado do trapézio em um circo de Milão, que a verdadeira liberdade dos povos seria antes de mais nada conquistada em um circo. [...] Pois este é o segredo do sentimento especial com que cada um adentra o circo: no circo, o homem é um convidado do reino dos animais."

E, noutra abertura, leitor convicto de Manuel António Pina e Ruy Belo, Tarso de Melo procura cumprir, com toda movência do pensamento, algumas posturas advindas, por exemplo, do poeta de **O Problema da Habitação — alguns aspectos** e **Homem de Palavra[s]**: primeiro, que "a poesia é um ato de insubordinação a todos os níveis, desde o nível da linguagem como instrumento de comunicação, até ao nível do conformismo, da conivência com a ordem, qualquer ordem estabelecida." e, depois, que "escrever é desconcertar, perturbar e, em certa medida, agredir. Alguém se encarregará de institucionalizar o escritor, desde os amigos, os conterrâneos, os companheiros de luta, até todas aquelas pessoas ou coisas que abominou e combateu. Acabarão por lhe encontrar coerência, evolução harmoniosa, enquadramento numa tradição. Servir-se-ão dele, utilizá-lo-ão, homenageá-lo-ão. Sabem que assim o conseguirão calar, amordaçar, reduzir."

O que se desenrola, nessa perspectiva, reaparece em poemas como *Metal*: "[...] (ideias agora são de aço, o sonho mora no alumínio // o dia todo se consome nessa troca; // gasta, a vida / em breve vai cruzar a cidade desfeita em cem cavalos, / em brasa, trocada por mil e quinhentas cilindradas", de um jeito; ou em *Retrato n.1*, de outro: "Poderíamos rir. Mas guardamos para outro tempo. // [...] / E — pelo corpo, pelo copo — não passou o bastante / para esquecermos que ninguém virá pagar por nós." Se o poeta ainda pode ser um *medium* é porque insiste em criar *forças de existência,* numa travessura ao contrário daquilo que se estabelece fixamente, já frase feita a todos os lados, como *formas de resistência,* o que não infere mais nenhuma advertência ao que lhe é idêntico; ou seja, se *forças de existência* muito mais perto de Emília e muito mais longe do Visconde.

A poesia de Tarso de Melo — agora, numa coincidência, 21 anos depois daquela partilha, a do encontro de meninos, que nos dava o prumo da singularidade entre a vida que transborda e os velhos livros, no outro extremo desse disse-me-disse, desse rame-rame de pastel de vento, desse arremedo em torno de um EU que não se descola de um SI MESMO [esse estado conservador e estratégico pronto para o consumo: se pouca idade, já envelhecido] —, é uma esperança de frescor para tentar disseminar a ideia de que a humanidade, como UM OUTRO, uma ALTERIDADE constante, diferimento e hospitalidade radical, seguindo o pensamento de Svante Arrhenius, pode AINDA escapar de sua condenação: a de morrer numa morna uniformidade final. Por isso, "nervo / em estado de pedra / que pesa sobre os ombros / e impede — ou, ao menos, nos / dias mais impunes // dificulta — baixar / demais a cabeça // e a guarda".

Revista Cult, 01 de novembro de 2018.

Leonardo Marona: imagens, esboço e alta velocidade

"Fizesse chuva ou sol, certas forças no mundo estavam trabalhando para tentar me destruir.", diz Dominic Molise ao final do primeiro parágrafo do relato que elabora para tentar vencer o medo de seu braço esquerdo, livre e jogado ao inferno, um seu demônio. O personagem de John Fante, lançador de beisebol, canhoto, abre uma deriva em perspectiva e alta velocidade para o demoníaco, "potência cósmica e lei da natureza", que atravessa o moderno, desde Goethe em seu **Palavras órficas** [como sugere Giorgio Agamben], até a reabertura feita por Walter Benjamin no ensaio sobre Karl Kraus, numa parte chamada exatamente *Demônio.* Isto é, para Benjamin, nas figurações do *Daimon* grego entre Sócrates, Goethe, Bachofen ou Kafka, que lhe interessavam tanto, pode-se reparar no "estado pre-histórico da comunidade humana entre o direito e a culpa", "pré-religioso e pré-ético", e na postulação de uma pergunta: como interromper a tradição sem levar a cabo o passado?

O que remete também aos **Cantos órficos** de Dino Campana e seus textos, anteriores aos de John Fante, já em alta velocidade: "Passeio sob o pesadelo dos pórticos. Uma gota de luz sanguínea, depois sombra, depois uma gota de luz sanguínea, a doçura dos sepultados." etc. Ou seja, sem lados, redonda e total, feito a guerra, a modernidade é demoníaca. O que advém disso, como esperança, é da dimensão do acidente ou do detrito, porque é da modernidade que nos surge a projeção imparável sobre as coisas mortas. Por isso,

Pasolini, num esforço a essa indagação, costumava perguntar, grosso modo, qual a homologia entre uma vida social inautêntica, oriunda da implantação moderna de uma burguesia fascista, e as possibilidades da literatura entre o real, a história e a natureza.

Diante dessa homologia, o que temos agora, entre nós, é "uma orgia formalista do romance", por exemplo, de um lado e, do outro, uma poesia que se volatiliza em torno de um EU neo-naturalista banalizado sob a frase feita e que se empenha por uma restauração absoluta sempre em torno de um SI MESMO, sem reelaborar princípio ou circunstância política a qualquer mínima ideia de força ao contrário, como, noutro sentido, a de uma restituição que tome como ponto de partida alguma escassez da forma para torná-la mais estrangeira e menos exata. Tomar à vista o que não se move e que se constitui apenas como hierarquia numa pertinência recente que se faz, aqui e acolá, como contemporâneo imediato: na feira, na mesmice e no consumo é o mesmo que largar de vez os jogos de força que ainda se pode produzir como pensamento. Algo como o que Silvina Rodrigues Lopes diz, categórica: "É preciso impedir que a banalidade que aparece hoje consensualmente como literatura não se arrogue em breve um direito de exclusividade."

Numa expansão desse demoníaco, quando se pode imaginar ainda lançá-lo em redemoinho, sem ideal e sem glória, no meio da naturalização e da banalização desse contemporâneo imediato, é possível restituir [e não restaurar] como impasse o traço da criança, em sua dimensão radical e severa de ingenuidade, porque selvagem: a que inscreve como um cão danado numa insistência de predileção pela graça do inferno. E há uma gravidade nessa inscrição, ininterrupta e excessiva, entre pensamento ingênuo e a afecção do *in-fans*, em algo do trabalho de Leonardo Marona. Não como recorte, singularidade, unidade exclusiva, precisão crítica absoluta e experiência de partilha sem transparência, mas no jogo que procura armar entre gravidade e graça com o demoníaco e, noutra disposição, a cristã, com o inferno e seus contrapontos.

Tudo nesse trabalho é muito veloz: da quantidade de livros, 8, se levarmos em conta que Leonardo nasceu em 1982 [em Porto Alegre, desde os 2 anos de idade passou a morar no Rio de Janeiro] e que, sem parar, do romance ao poema, se exercita numa escrita como quem produz arremessos à beira de uma velocidade da astrofísica entre Kepler e Newton. É o primeiro, Kepler, quem afirma que a órbita dos planetas não constrói círculos perfeitos, concêntricos ao sol, e que assim se rompe com o idealismo da cosmologia engendrando uma ideia de ciência a partir da *experiência*, este conceito que depois, numa abertura, é fundamental ao pensamento de Benjamin: como arrancar um *EX* daquilo que morre e o quanto ainda somos capazes desse gesto de força. Leonardo esboça o gesto em livros fortes como **Cossacos Gentis** [Oito e Meio, 2015] e **Dr. Krauss** [Oito e Meio, 2017], por exemplo, numa encenação de imagens anteriores ao olho porque são, também e ao mesmo tempo, depois do olho, uma espécie de dissipação do visível e do esfacelamento do real. Depois, em alguns poemas de **Herói de atari** [Garupa, 2017], reaparecem essas imagens de esboço como se projetadas num muro salpicado a cimento, entre aderência e proximidade, plano fechado e uma terrível circunstância de encandeamento devido a uma luz intensa, como em *poema azul para paul celan*: "ao romper do osso, / jaz o equilibrista azulado / com a corda na volta do pescoço. // um pente de areia varre / os ossos velhos rompidos, / entre as unhas sobram / filetes de coisas mortas. // [...]".

Agora, recente, publica o mínimo **Uma baronesa às quatro da madrugada** [Uratau, 2018], e arremessa — num projétil, velocidade de míssil — um ouriço à mão ferida com a restituição de Maura Lopes Cançado: litoral, terra arrasada, hospício, sofrimento, voto de confiança, abandono, boca, maldição, espera etc. Cada poema é, às avessas, uma desconfiança e uma tentativa de redesenhar linha a linha o dizer agudo do que ela experimentou entre vida e livro. Assim, busca refazer o contraponto elíptico de como ela equilibrava sua escrita, com sofisticação e selvageria [na linhagem díspar de

Adalgisa Nery e Heloneida Studart], numa desmontagem do que é *falar* [repetição, forma] para o que ainda é *dizer* [diferimento, força: *Dichter, Dichtung*]; ou seja, *dizer* AINDA pode constituir alguma tarefa política para a literatura: "é que ela dançaria um minueto / por um toque de mão sem dor".

Num passeio insano, "cara a cara / com um grande / pensamento", "desejos rarefeitos", "a paciência de deus" e "um milhão de botecos", Leonardo insere o pequeno livro na série de seus esboços em alta velocidade, dessa maneira, pode-se imaginar, enfrenta a ideia de obra, este monopólio da memória ou esse embaraço que se toma como acabado, pronto, encerrado etc., para deixar todo seu trabalho, livro a livro e o tempo todo, numa fragmentada e fragmentária instabilidade de oscilação e ambivalência. Isto tem a ver com uma habilidade de menino, sempre atenta, que aparece apenas naquele que lê sem parar a terra, a vida, o mundo, o livro e o que ainda não foi escrito. Dá pra lembrar, rapidamente, de dois outros poetas que se empenham em direção ao esboço, traço de criança e frescor de pensamento, como experiência e guerrilha: Carlos Augusto Lima, em todos os seus livros radicalmente lentos feitos para o desaparecimento, de **Manual de Acrobacia** ao **Motociclista do globo da morte** etc.; e Júlia Studart, ao anotar a condenação do mal-entendido como esperança perdida em seu **Logomaquia**. É ela, por exemplo, quem restitui a Milan Kundera, no poema *logomaquia*, uma *arché* da diabrura do corpo lançado ao mundo para o esboço: "quando uma conversa entre amigos diante de um copo de vinho é transmitida pelo rádio, uma coisa fica evidente: o mundo se transformou num campo de concentração".

Desfazendo seu trabalho, nem obra nem operação estratégica, e sim garatuja, este traço de crianças terríveis e medonhas que se movem como pequenos demônios chupando mariola, faça chuva ou sol, contra a guerra de desgaste e a guerra do tempo, Leonardo Marona percorre à deriva os sentidos de espera, de esperança, na sua opção de confronto através da velocidade. Se a revolução [isto que vem dos astros] é o movimento e se o movimento, em si, esta ilusão, não é ainda a revolução, nada como lançar-se velozmente à partida, peregrinação arriscada, contra a criação mecânica de claustros. É perseguindo esse gesto que podemos ler coisas encantadoras como o que anota o narrador do muito-muito bom **Dr. Krauss**: "Os dias sem Krauss são dias de flores no deserto. São dias, portanto, em que se pode ver a beleza, mas, junto a ela, vem sua origem, e não é bonita a origem da beleza. É quente e seca e quando se fica muito tempo perto da origem, morre-se de sede e perde-se para vermes fortes como touros e lentos como um abismo gradual. Percebo, de repente, nesses dias sem Krauss, que o mundo em que se vive é lindo, porque ele é tão estranho a cada um de nós, tão distante do que vemos diariamente e sendo sempre o que não vemos, que nos faz lembrar um mundo lindo que um dia criamos para nós, [...]".

Revista Cult, 01 de outubro de 2018.

o figurante, o vagabundo foi impresso pela gráfica jmv, com tipografia nexus serif e circular, em papel cartão supremo 300g/m² na capa e miolo em polén bold 90g/m², para a mórula editorial em 2025, quando completam 123 anos da viagem de jack london [verão de 1902] para os submundos de londres, a cidade inflada pelo capitalismo moderno, a fim de experimentar com o corpo qual o sentido de "povo do abismo", entre "o que fere, apequena e deforma a vida" = "é a fome, a falta de abrigo, a miséria crônica" = os avanços e acúmulos do capital privado: "todos afundam juntos, indiferentes, em meio à sujeira e à degradação" e "a cor da vida é cinzenta e sombria. tudo é sem solução, sem esperança, inexorável, sujo".